Zu diesem Buch

«Kotzwinkle ist als vielseitig schillerndes, sprühendes literarisches Talent ausgewiesen ... In ‹Nachtgeschichten› ein üppiger Fabulierer, der im Stil von Boccaccios ‹Decamerone› die erotischen Lustbarkeiten der alten Griechen mit zeitgenössischen Szenen aus der Neuen Welt collagenhaft kontrastiert: Griechenland meets Greenwich Village oder Fellini in der Bronx. Das alles verbindet Menschliches, Allzumenschliches; Eros hier und Sex dort. Den hehren Göttern Hellas stellt Kotzwinkle die Honeys und Puppies aus der 42. Straße gegenüber, den Peep Shows, den Bullen und den Prostituierten um den Central Park, wo sich wieder einmal die Freaks versammelt haben. ‹Einsame Wanderer, wie wir alle.› Die Einsamen und Verlassenen, die nicht gesellschaftsfähig sind, deren gesellige Kontakte sich lediglich aus Unterleibsgeschichten ergeben voller unverbindlicher Flüchtigkeit, haben, wie uns Kotzwinkle vorzeigt, so gar nichts mit dem raffinierten Eros aus dem alten Hellas zu tun – oder?» (Michael Fischer in «Deutsches Allgemeines Sonntagsblatt»).

William Kotzwinkle, geboren 1943, der auch Kriminalromane und Jugendbücher schreibt, erhielt mehrere literarische Auszeichnungen und gehört in Amerika längst zu den Bestseller-Autoren. Ein Kritiker schrieb: «Es wäre kein Wunder, wenn ein Kotzwinkle-Kult entstehen würde – stärker als bei Bukowski und Tolkien ...» Deutsch liegen ferner sein ebenso verrückter wie witziger Beatnik-Roman «Fan Man» (rororo Nr. 4592) und der Roman «Fata Morgana» vor. William Kotzwinkle ist mit der Schriftstellerin Elizabeth Gundy verheiratet und lebt abwechselnd in den USA und Kanada.

William Kotzwinkle

Nacht-
geschichten

Deutsch von
Udo Breger

rororo
Rowohlt

Die amerikanische Originalausgabe erschien unter dem
Titel «Nightbook» bei Avon Books, New York
Umschlagentwurf Manfred Waller unter Verwendung
des Gemäldes «Schlafende Venus» (Ausschnitt)
von Paul Delvaux. London, Tate Gallery © SABAM,
Brüssel / BILD-KUNST, Bonn 1982

Veröffentlicht im Rowohlt Taschenbuch Verlag GmbH,
Reinbek bei Hamburg, Februar 1982

Satz Sabon (Linotron 404)
Gesamtherstellung Clausen & Bosse, Leck
Printed in Germany
480-ISBN 3 499 14897 8

Für Elizabeth
Mit Dank an die Väter:
Herodotus
Plutarch
Homer
Aristophanes
Sophokles
Achilleus Tatios
Ailianos

Um das Leben der Griechen zu verstehen ... müssen wir uns in Gedanken in moralische Breiten begeben, die uns völlig fremd sind.

W. E. H. Lecky, *History of European Morals*

1

«Hast du schon mal ein Mädchen geleckt?» fragte sie ruhig.

Ihre Beine waren wohlproportioniert, und sie trug keine Strümpfe. Nahebei murmelte der Fluß und wand sich durch die Dunkelheit. Er saß neben ihr im Sand des Flußufers und blickte auf die Lichter der Stadt, jenseits der dunklen Wasserfläche.

«Nein», sagte er. Er war noch keine zwanzig. Seinen Wagen hatte er oben an der Uferstraße geparkt. Möglich, daß ein Polizist ihn sehen, neugierig werden, herabkommen und sie hier finden würde. Langsam schob sie den Rock über ihre nackten Beine.

«Leck mich.» Sie spreizte die Beine weit und hob ihren Körper, so daß ihr Schamhaar aus dem Schatten des Flußgehölzes tauchte und im Mondlicht glänzte.

Die Uferstraße war belebt. Die vornehmsten Damen Athens schritten im Mondlicht den Fluß entlang zum Tempel der Demeter. Das Mysterium der Fruchtbarkeitsgöttin sollte gefeiert werden, und um sich ihres höchst potenten Segens zu versichern, war es für die hochgestellten Damen notwendig, der Göttin ihre Aufwartung zu machen und an den Feierlichkeiten teilzunehmen.

«Leck mich», flüsterte sie.

Die Schönen Athens wurden am Tempeleingang von einem jungen Sklaven begrüßt, dem auffiel, wie sie sich für diesen Abend herausgeputzt hatten. Ihre Augen blitzten, ihre roten Lippen und ihre Kleider waren aufreizender und offenherziger als alles, was man bei Tage auf den Straßen Athens zu sehen bekam.

Mit klopfendem Herzen neigte er seinen Kopf dem Mysterium entgegen. Wenn die Bullen meinen Wagen finden, werden sie mir höchstens einen Strafzettel verpassen.

«O ja, Baby», stöhnte sie, als sein Mund zärtlich ihre

Schamlippen berührte. Das weiche Fleisch seines Mundes schickte eine Welle erregender Vibrationen aus, den Leib hoch und die Schenkel hinab.

Die Hohepriesterin im Tempel Demeters fühlte einen Schauder süßer, leichter Freude ihren Körper durchströmen. Die Göttin Demeter war jetzt in sie eingedrungen und befand sich somit im Tempel. Die Athenerinnen versammelten sich im großen Raum und ließen sich vor einer langen flachen Tafel auf lieblichen roten Kissen nieder. Die Priesterin erhob sich von ihrem goldenen Sessel und stieg langsam die Stufen hinab, um zwanglos mit ihren schönen Gästen zu plaudern. Natürliche Schönheit paarte sich in ihr mit anerzogener Würde, was die unvermeidliche Folge ihres Verzichts auf das Athener Gesellschaftsleben zugunsten des vertraulichen Umgangs mit der Göttin war. Doch an diesem Abend schien sie der Welt zugewandt und strahlte, und ihr gelockertes Auftreten bewirkte bei den Damen Entspannung; eine Seltenheit, wenn viele schöne Frauen unter einem Dach versammelt sind.

Die Schönheit der Athenerinnen ließ den Sklavenjungen kalt. Seine Vorliebe galt jungen Männern. Ein Paradoxon, an dem die Götter sich vergnügten: Der Diener der Fruchtbarkeitsgöttin war Sodomit. Wie verführerisch ist doch der goldene Schenkel des Pythagoras.

«Möchtest du einen Drink?» fragte er seinen Liebhaber.

«Nein», erwiderte der blaßgesichtige junge Mann und rekelte sich, in seinem englischen Maßanzug im Stil der zwanziger Jahre, auf dem roten Plüschsofa des luxuriösen Greenwich Village-Apartments. Er schloß die Augen und ließ einen Traum, den er kürzlich geträumt hatte und in dem er eine nächtliche Straße entlangspaziert war, noch einmal vorüberziehen. Jemand hatte mit dem Finger auf ihn gezeigt und gesagt: «Dreiunddreißig Jahre alt und immer noch 'ne Schwuchtel.»

Schwanz. Die von der Sonne gebräunten Oberschenkel eines Knaben und das abstechende Weiß seiner Arschbacken, wenn die letzte Hülle fällt. Zischeln. Eine Schlange.

Der Kopfschmuck der Priesterin stellte eine Schlange dar, die sich, aus Gold gearbeitet, mit Rubinaugen und erstarrtem, kaltblütigem Lächeln um ihre Stirn ringelte. Auf ihren Schuppen glitzerten kleine Brillanten. Sie gab dem Sklaven ein Zeichen, und für die vornehmen Damen wurde ein üppiges Mahl aufgetragen, das sie an dem niedrigen Tisch in der Mitte des Raums, im Schatten der Demeter-Statue, einnahmen. Sie rekelten sich auf Kissen und tranken vorzüglichen Wein. Der Duft ihres Parfums war wie starker, Demeter entbotener Weihrauch, vermischt mit dem noch köstlicheren Bukett ihres Geschlechts.

Die Pussy riecht gut! stellte er freudig fest. Die Nacht am Fluß hielt sie in ihrem Bann. Sie sagte: Leck mich, und ich lecke sie. Er drückte seine Nase tiefer in das krause Haar. Man sollte das, was Freunde einem erzählen, nicht einfach glauben; es schmeckt verdammt gut. Ich habe keine Angst mehr, weder vor der Pussy noch vor der Polizei.

Der Sklavenjunge trug den Frauen von Athen ein Gericht nach dem anderen auf, und sie haschten nach seiner Toga und flirteten offen und obszön – es war die Nacht dafür, der Sklave aber vermochte nicht darauf einzugehen, so groß war seine Angst vor diesen sanften Geschöpfen. Ihr Geruch ängstigte ihn, ihr Geschmack, ihre Berührung, und er hatte Angst, ausgelacht zu werden, wenn er es mit einer von ihnen versuchen und dabei versagen würde.

«Dreiunddreißig Jahre alt und immer noch 'ne Schwuchtel.»

«Ist es wieder mal Zeit für Selbstanalysen, mein Lieber?»

«Ich bin ein Schwanzlutscher.»

«Und du magst es.»

Die beiden Männer sahen sich an, der eine auf seinem grotesken viktorianischen Sofa, der andere an einem runden Cafétischchen mit weißer Marmorplatte. Sie teilten sich das Greenwich Village-Apartment und eine Neurose. Ihre Affäre gestaltete sich mal ungestüm, mal fade. Einst war sie zärtlich, subtil und tiefgründig gewesen. Jetzt war sie zu einer Karikatur geworden: Vor kurzem hatten sie an einem Kostümball für Tunten teilgenommen, verkleidet als Grüner Maiskelch und sein ergebener Chauffeur Cocko. Eine Razzia hatte die Party platzen lassen; Cocko und dem Grünen Maiskelch war es gerade noch gelungen, aus dem Fenster in den wartenden Tuntenkreuzer zu entkommen, der an der Achten Straße geparkt stand. Zwei ihrer Freunde, die als Nonnen kostümiert gekommen waren, wurden dem Schnellrichter vorgeführt. Sie hatten ebenfalls versucht fortzulaufen, doch in ihren langen Kleidern konnten sie nur trippeln, und Wachtmeister Slug von der Sittenpolizei hatte eine aufsehenerregende Verhaftung vornehmen können.

Spaß, ja, aber in Grenzen. Die Affäre war schal geworden. Der Grüne Maiskelch stand vom Kaffeetisch auf. Sein Körper war stramm, in ein enganliegendes Polohemd und enge weiße Jeans gekleidet. «Ich mach mal einen Spaziergang.»

Cocko schloß die Augen und verharrte auf der Couch. Wie traurig und unabänderlich doch alles war, sich lieben und wieder auseinandergehen. Er wäre gern rüber zum Grünen Maiskelch gegangen, um dessen starken Körper an sich zu drücken, doch hatte sich eine bleierne Schwere über seine Gliedmaßen gelegt. Er vermochte lediglich die Augen zu öffnen, an die Decke zu starren und sich ein schwaches Lächeln voller Bitterkeit zu gestatten. «Wirst du wieder untreu sein?»

«Vielleicht», sagte der Grüne Maiskelch, und schon war er aus der Tür, raus in die Nacht.

Cocko blieb in seiner eleganten Pose auf der Couch zurück, schlaff, mit blütenweißem Spitzenkragen um den Hals und lieblichen Locken in der Stirn, und starrte an die weiße Decke, wo ein Stuckrelief aus dem vorigen Jahrhundert restauriert worden war – rund, mit Blumen und Schlangenmustern verziert.

Die Priesterin lächelte und bewegte den Kopf zu der sanften Musik, die ihre Sklaven auf der Laute spielten, und als sie sich so bewegte, schienen die Augen der goldenen Schlange auf ihrer Stirn den Damen Athens zuzuzwinkern, die jetzt ihr exquisites Mahl beendet hatten. Während sie Wein aus goldenen Bechern schlürften, hatten sie sich mehr und mehr entspannt, und schon bald sollten die Geschichten beginnen, die köstlichen und obszönen Liebesgeschichten, die von den schönsten Frauen der Stadt der Schönheit einmal jährlich vorgetragen wurden – Geschichten von seltener Unzüchtigkeit, wie sie Demeter, die ihre fruchtbaren Leiber segnen würde, so heiß und innig liebte.

2

Wie sie da heiß und halb wahnsinnig vor Lust im Sand des Flußufers lag, wand sie sich wie eine Schlange hin und her, die die juckende Haut abstreifen will, streckte sich und drückte ihren Körper tief in den Sand.

Ihr Geschlecht war in seinem Mund, ihre Beine gespreizt. Seine Lippen, seine Zunge waren voll von ihrem Geschmack, ihr Geruch stand in seiner Nase, und er preßte sein Gesicht immer tiefer in ihr Schamhaar.

Das Gebüsch teilte sich, und die schwarzen Dschungelkrieger traten mit umgehängten Maschinenpistolen heraus. Ihre ebenholzfarbenen Körper glänzten kraftvoll und geschmeidig im Mondlicht. Die Trommeln dröhnten durch die Bäume. Bei den Kriegern befand sich ein heranwachsender Knabe, dessen Körper noch nicht ganz ausgewachsen, dessen Männlichkeit aber schon entwickelt war. Er hatte unter dem dichten Schleier der Dschungelnacht allein geschlafen und bewiesen, daß sein Geist stark war. Jetzt mußte er sich einem noch gefährlicheren Initiationsritus unterziehen, der ihn von den tückischen Schlingen der Kindheit befreien sollte, die sich bei der Geburt um einen Knaben winden und ihn festhalten. Gesicht und Arme grell bemalt, wurde er, wie ein Krieger geschmückt, zur Lichtung geführt, wo Feuer flackerten und die alten Männer entrückt bei den tanzenden Flammen hockten. Er wurde von den Kriegern zu der Hütte geführt, die er am besten kannte, zur Hütte seiner Mutter.

Cocko lag auf der viktorianischen Couch, starrte unter die Decke und fragte still: «Warum bin ich eine Schwuchtel?» Etwa weil Mutter mich zu den Schwimmstunden des CVJF mitnahm und ich mit den kleinen Mädchen planschen und spielen mußte, mit einer Bademütze auf dem Kopf?

Seine Mutter lag auf der Bettstatt aus Tierhäuten im Dunkel

der Hütte. Draußen nahm das Dröhnen der Stammestrommeln zu, und als der Tanz begann, konnte man das Stampfen der Männerfüße hören. Seine Mutter lag nackt auf den Häuten und erwartete ihn. Er mußte einmal schmerzhaft schlucken und machte einen Schritt auf sie zu. Die tiefe Ziernarbe auf ihrer Stirn schien glühend rot, als sei sie noch blutig. Es war jedoch schon lange her, daß man den zusammengerollten Leib einer Schlange mit einem geweihten Messer in die Haut ihrer Stirn geritzt hatte.

Die Priesterin lächelte, nahm das juwelenbesetzte Schlangendiadem vom Kopf und legte es auf den Tisch in der Mitte des Raumes, um den die Athenerinnen sich versammelt hatten. Sie schüttelte ihr langes schwarzes Haar. Mit Augen, die wie die rubinroten Augäpfel der Schlange funkelten, sagte sie: «Laßt uns beginnen, ihr Damen. Wer wird unserer Göttin die erste Geschichte vortragen?»

Die Frauen blickten einander an, und eine von ihnen, die Frau eines bekannten Redners, meldete sich zu Wort. Ich werde beginnen, sagte sie. Sie war rank und schlank, in ein durchsichtiges Gewand gehüllt. Indem sie es sich mit gekreuzten Beinen auf einem roten Kissen bequem machte, hub sie zu sprechen an.

Ich werde euch von Pisistratus erzählen, der die Tochter des Megakles ehelichte. Sie war ein liebreizendes Mädchen mit weichen Brüsten und wohlgeformtem Hintern. Doch Pisistratus war Vater mehrerer Söhne aus früherer Ehe und hatte kein Verlangen, weitere Nachkommen zu zeugen. So setzte er sich über die von Demeter, unserer Göttin der Fruchtbarkeit, geheiligten Gebräuche hinweg und näherte sich seinem schönen jungen Weib in der Hochzeitsnacht mit einem höchst ungewöhnlichen Begehren.

Wie gern würde ich dir meinen Schwanz in den Arsch schieben, dachte Cocko. So fing alles an, als ich noch ein kleiner Junge war, ein aufblühender Prinz, der mit einem Freund Kinderspiele trieb. Darf ich ihn dir reinstecken, ja du darfst. War das wirklich der Anfang, oder lag es noch länger zurück, als Mutter sich weigerte, meine lieblichen Shirley Temple-Locken abzuschneiden? Sie hingen mir bis auf die Schultern herunter, und damals, Baby, war das überhaupt nicht Mode. Und die anderen sangen:

Der fette Bobby Zapf will Jungens bocken
Wenn er kämmt die seidnen Locken.

Ich war 'ne fette kleine Shirley Temple-Schwuchtel, und den Zapfen kriegte ich gewiß hinein, mitten ins Spundloch.

«Mein liebes Weib», sagte König Pisistratus, «bitte knie nieder und heb mir deinen Allerwertesten entgegen.» Nun könnt ihr euch vorstellen, ihr Damen von Athen, in welche Verwirrung die Tochter des Megakles geriet, aber sie wollte ihrem Ehemann gefällig sein und nahm fügsam diese ungewohnte Position ein. Offenbar bevorzugte ihr Ehegemahl wie ein Bulle zu kopulieren und sie von hinten zu besteigen.

«Weiter unten, mein König», sagte sie, als sie spürte, wie sich sein Glied in der Dunkelheit zwischen ihren drallen Backen verirrte.

«Nein, genau hier, meine Liebe», sagte der König, und mit kraftvollem Stoß wuchtete er sein Organ in jenes kleine, als Ausgang und nicht als Eingang vorgesehene Loch, außer bei einer von Überdruß beladenen Beziehung, zu der sich die ihre, wie die Braut erkannte, entwickelte.

Ich hab's gern im Arsch, dachte Cocko, indem er gedankenverloren am Rüschenkragen seines Hemds spielte. Geschmack an dieser Variante fand ich im College. Ein graduierter Student der technischen Wissenschaften zeigte mir, wie man das perfekte organische Gleichgewicht erlangt, indem man, auf dem Rükken liegend, die Knie bis zum Kinn hinaufzieht. Ein bißchen Vaseline auf die Spitze der Bohne, und ab geht die Post, meine Herren, sauber und tief – oh, mein Gott, ich kann's immer noch fühlen. Kürzlich schrieb er mir mal einen Brief. Er baut Brücken für die Armee, und vor kurzem fickte er einen Vier-Sterne-General.

Der junge Krieger kniete neben seiner Mutter nieder. Die Männer hatten ihn instruiert, was er mit ihr machen sollte. Er hatte Angst, viel mehr Angst, als allein im Busch zu schlafen. Aber seine Mutter war sich ihrer Pflicht bewußt und immer bereit, sich dem Willen der Stammesältesten zu beugen, deren Wissen ihr eigenes weit überstieg. Sie streckte die Arme aus und legte eine Hand auf das schlaffe kleine Heiligtum ihres Sohnes, das sich bei der Berührung sofort zu regen begann.

«Mutter!» rief er von Schrecken erfüllt.

«Ich bin nicht länger deine Mutter», sagte sie und massierte sein Kleinod, den süßen kleinen Gott, den sie so viele Jahre lang gewaschen und beschützt hatte und der in ihrer Hand jetzt beträchtlich anschwoll, während die Trommeln tosten und die Männer laut sangen:

Jetzt ein Mann
Ein Tiger-Mann
Ein Knabe ohne Mutter
Ist ein Mann.

Ich mag meine Mutter, dachte Cocko und trommelte mit den Fingern auf die Rückenlehne der Couch. Sie ist unheimlich spaßig. Als ich den Antiquitätenladen kaufte, kam sie in die Stadt, und wir spazierten umher und aßen im Longchamps toll zu Mittag. Wir saßen draußen an einem Tisch dicht an der Hecke. Hat eine Mutter nicht was ganz Besonderes? *M* steht für all die vielen Dinge, die sie mir gegeben hat – meine Neurose zum Beispiel. Nach dem Essen gingen wir in den Laden zurück, polierten die Hunde aus Porzellan und pusteten den Staub von einem Gemälde der Queen Victoria. Ich verkaufte es später für 1000 Dollar an einen Dekorateur. Es trug so einen hübschen Schriftzug in Messing.

Einmal Queen, immer Queen

Mutter ist keine New Yorkerin, aber das macht gerade ihren Charme aus. Sie ist nur die kleinstädtische Mutter einer Schwuchtel. Es ist schon ein neckisches Leben, alte Federboas für den Laden zu sammeln. Natürlich machen mir bei allem, was ich in den Arsch gerammt kriege, meine Hämorrhoiden zu schaffen.

So ein Wüstling, dachte die Tochter des Megakles, wie kann er es wagen, mich auf diese Weise zu gebrauchen und seinen monströsen Kolben in mein kleines Loch zu zwängen, das dafür nicht gedacht ist. Oh, wie schmerzhaft; und dennoch – es entbehrt nicht eines gewissen Reizes, was das Ganze noch degradierender macht. «Bitte, König Pisistratus, sei ... ein wenig sachter», bat sie, indem sie über die bloße Schulter den König ansah, der hinter ihr im Dunkeln ächzte. Könnt ihr Damen euch vorstellen, wie eines der begehrenswertesten Mädchen von Griechenland so mißbraucht wurde?

Ja, nur ein bißchen Fett, meine Herren, das ist alles, und das widerstrebende Arschloch des Liebhabers geht auf wie ein Löwenmäulchen. Wir, Mutter und ich, suchten sogar die Tapeten für mein Apartment gemeinsam aus, oben bei Bloomingdale. Eine liebliche, nach einer alten griechischen Vase reproduzierte Szene. Ich habe dafür so viel Lob erhalten, und eines Nachts, als der Grüne Maiskelch mir das erste Mal einen runterrieb, spritzte ich darauf. Der Fleck ist immer noch zu sehen.

Die Mutter des jungen Kriegers brachte seinen kleinen Gott auf volle Größe. Da stand er, schwarz, pulsierend wie die Trommeln vor der Hütte. Wie schnell er von einem Kätzchen zu einem Tiger herangewachsen ist! Sie nahm ihn in ihre Hand und brachte ihn dichter an sich heran. In ihrem Kopf drehte sich alles mit dem Trommelschlag, als wäre sie unter den Tanzenden, die draußen im Mondlicht herumwirbelten. Oh, du mein Tiger-Mann-Knabe, süßer als jeder Ehemann, sei jetzt mein Ehemann-Sohn. «Hier», sagte sie. «So mußt du es machen.» Sie spreizte die Beine, so daß sie offen vor ihm lag, und er bewegte sich auf sie zu, während die Krieger sangen und ihre Maschinenpistolen in den nächtlichen Himmel abfeuerten.

Gefährlich ist sie
Doch er nimmt sie
Mit seiner Waffe
Und sprengt die Fessel.

Als ich noch klein war, dachte Cocko, ließ mich Mutter, wenn sie ein Bad nahm, reinkommen, um ihr den Rücken zu waschen. Und später dann, wenn ich in meinem Pyjama steckte, spielten wir das Flohspiel auf dem Bett. Macht sie das zu einer schlechten Person? Nichts als die kleinen Zärtlichkeiten einer Mutter. Ich erinnere mich an einen Knaben, jung und zart, als ich das erste Mal nach New York kam. Er saß im Fenster seines Zimmers im ersten Stock in der 71. Straße. Ich befand mich auf dem Heimweg von der Arbeit. Er blickte mich aus seinen dunklen südländischen Augen an, und schon hatten mich diese Augen gefangen und kurz darauf sein sahniger Kubanerarsch. Er hatte sich gerade ein Klistier verpaßt, seine Dusche, wie er es nannte. Er hatte Talkumpuder auf den Arschbacken. Ich glaube, es war Old Spice. Oh, sein Arsch, so weich wie Samt. Mein samtener Sommer.

Die Tochter des Megakles legte den Kopf auf die königlichen Kissen, und Pisistratus stieß wieder und wieder in ihren ach so zarten und jungfräulichen Schließmuskel. Und ihre Brüste und Oberschenkel bearbeitete er voller Lust, um sie zu erregen. Wie peinlich, ihr Damen, so aufgespießt zu werden.

Morgens um vier bin ich in der Subway rumgelaufen, um den Päderasten aufzutreiben, der zu mir paßt, dachte Cocko. So was kann natürlich zu den eigentümlichsten Erlebnissen führen – wie an jenem Morgen, an dem ich in einem komischen Bett aufwachte, eine rote Schleife um den Pimmel und an meinen Brustwarzen Büroklammern. So bin ich durch die ganze Stadt gelaufen, auf der Suche nach einem Mann. Vielleicht weil ich Angst habe, ich könnte bei einer Frau keinen hochkriegen, ich, die Betty Grable aus Poopsville, Pennsylvania?

Sie führte ihren Sohn-Liebhaber in sich hinein. Bumm-bumm, machen die Trommeln. Kräck-kräck-kräck, machen die Maschinenpistolen. Oh, mein kleiner Häuptling, wie stark du bist, mein kleiner Sohn. Welche Liebe ich spüre, wenn ich meinen kleinen Liebhaber dort habe, wo ich ihn gebar. «Jetzt bewege dich», sagte sie und bewegte sich selbst so, daß er tiefer in sie eindrang.

Glaubt ihr etwa, daß wir, nur weil Mutter mich ihre Zehennägel schneiden ließ, ein unnatürliches Verhältnis hatten?

Das ist also das große Geheimnis des Stammes, dieses weiche, warme Loch, das sich so heiß schließt, wie Feuer. Ich bin ein Tiger-Mann!

Natürlich schliefen Mutter und ich zusammen; wann immer ich den Alptraum hatte, daß ein Gorilla mich verfolgte, rief ich sie, und sie kam herein und kuschelte sich eng an mich. Und sie sagte, du bist mein kleines Häschen, mein süßes Böckchen.

Tiger-Mann, Tiger-Mann

Die Hütte war von Schatten erfüllt. Sie fühlte den tobenden Gott ihres Sohnes tief in sich drinnen, so tief, daß sie gar nicht glauben konnte, es sei ihr Sohn. Sie spürte, wie alle Schlangen des Dschungels sich in ihr wanden, und sie hatte Angst vor ihm.

«Oh, mein Gemahl», sagte die Tochter des Megakles, «du ... du tust mir weh!» Der verderbte König brüllte wie ein Tiger und ließ sie auf dem Bett auf und nieder schnellen, ein königlicher Tiger – denn obschon verderbt, war er immer noch ein König mit edler Standarte. Und tief im Innern fühlte sie ein sonderbar anwachsendes Vergnügen, während ihr Körper sich gegen ihren Willen seiner Kraft ergab.

Eines Morgens wachte ich im Apartment eines Gentleman in der Park Avenue auf und sah meinen Gastgeber im Flur, wie er's dem Briefträger übers Treppengeländer gebeugt verpaßte.

«Ah», stöhnte der König, und sie fühlte, wie die Zeichen seiner königlichen Würde in sie hineinströmten, Krone, Siegel und Namenszug des Souveräns, aber es geschah in ihrem Hinterteil, dort, wo kein Leben sprießen kann. Und dennoch, ihr Damen von Athen, wird bei einer solchen Umarmung in der Natur der Frau irgend etwas ausgelöst, und die mißhandelte Tochter des Megakles überraschte ein plötzliches Verlangen. Sie preßte und drehte sich auf des Königs Organ und tanzte auf dem Ende seines Zepters einen heißen Tanz.

Der Dschungel war erfüllt von Schreien, Gesang und Gewehrfeuer. Der Krieger-Junge, der Tiger-Mann bäumte sich auf seiner Mutter, biß ihr in die Schulter und schoß einen Strahl aus seiner Seele ab. Die Tiger tanzten im Sand. Seine Mutter empfing mit einem Schluchzen diesen zuckenden Augenblick seiner erweckten Männlichkeit und fühlte, wie er in sie hineinschoß. Die heißen Säfte ihres Sohnes ließen sie in diesem großen und düsteren Moment aufheulen – sie wurde zum Dschungel. Hmmmmmmmm, sie war die Große Königin der Tiger. Hmmmmmmmm, alle schwarzen Augen waren wie in Brand geraten. Sie glitt durch die Bäume, Königin der Affen. Sie schlängelte sich durchs Gras, Königin der Schlangen; tauchte aus dem Wasser auf und schüttelte ihre Flußpferdhüften. Er wird sie jetzt verlassen und in der Hütte einer anderen Frau leben. Doch ich habe ihn zuerst gekannt, und jetzt wird er von mir fortgerissen.

Die Tochter des Megakles fand den unnatürlichen Akt, ungeachtet ihrer selbst, genüßlich, doch schwor sie sich, daß so etwas nie wieder geschehen sollte. Als es dann wieder geschah, wieder und wieder, Nacht für Nacht, erzählte sie ihrem Vater, dem König Megakles, von dieser Befleckung ihres zarten Hinterns und des Namens der Familie. Eine Armee wurde aufgestellt und Krieg erklärt, und König Pisistratus wurde gezwungen, sein eigenes Land zu verlassen. Alles, weil er darauf bestand, seine junge Frau in einer so unziemlichen Art zu gebrauchen.

Ich hätte nie gedacht, daß ich's wirklich gern haben würde, in den Arsch gefickt zu werden. Aber als ich nach jener ersten Nacht mit dem Studiosus Technicus nach Hause kam, setzte ich mich vor meinen großen Spiegel auf den Boden und betrachtete meinen glücklichen kleinen Arsch, in den er einen halben Liter Samen abgeschossen hatte, und ich sagte zu mir selbst, Baby, du bist schwul. Und ich hatte keine Angst bis zu jener Nacht, als ich verhaftet wurde, nachdem ich einem Polizisten in Zivil auf irgend einem Subway-Klo einen unmißverständlichen Antrag gemacht hatte. Ich hätt's mir gleich denken können, als ich sah, wie er dastand, so weit weg vom Pißbecken, und wie er mit seinem Schwanz rumschlenkerte, damit ich ihn ja sehen konnte.

Die Damen Athens zollten der noblen Geschichte Applaus, und die Erzählerin hob ihr Gewand hoch über die Hüften, so daß ihre lieblich ausgeprägten Hinterbacken sichtbar wurden. Und indem sie sich nach vorn beugte, ließ sie die nackten Backen kreisen, so, daß der kleine Bart zwischen ihren prächtigen Schenkeln zu sehen war, um genau zu demonstrieren, wie die arme Tochter des Megakles besprungen worden war. Ein höchst sonderbares und seltenes Schauspiel, das eine so vornehme und angesehene

Dame, die Frau eines großen Redners, da gab. Aber es war die Stunde der *Aischrologia*, in der Geschichten von Heiterkeit und Sinneslust Demeter entzücken und damit sicherstellen sollten, daß die Nation reich sein werde an neugeborenen Knaben. Und als die Kommentare verebbt und das Gelächter abgeklungen, erhob eine andere Schöne ihre Stimme und begann die nächste Geschichte.

3

König Kandaules saß, still vor sich hin träumend, müßig in seinem Thronsaal, denn unter seiner Herrschaft war es friedlich, und er hatte viel Zeit zum Nachdenken. Es traf sich, daß sein Weib an der Tür vorüberging, und wie immer reizten ihn ihre stolze Haltung und ihre natürliche Schönheit.

«Ist meine Frau nicht ein seltenes Exemplar?» fragte er seinen Leibwächter, den treuen Gyges, der ergeben auf den Stufen unterhalb des Throns stand.

«Allerdings, Majestät.»

Plötzlich kam dem König eine reizend unanständige Idee. «Du solltest sie nackt sehen.»

Der Leibwächter erstarrte vor Schreck.

«Ja, ja», sagte der König, «das wird dir guttun.»

Sie waren gerade von New Jersey herüber in die Stadt gekommen und zogen durchs Village. «He! Chuck», sagte Vince, «ich wette … ich wette, du bringst es nicht fertig, 'ne halbe Flasche Whiskey ex zu trinken.»

«Wie zum Teufel kommsten da drauf, ich trink dir 'ne *ganze* Flasche auf einmal aus.»

«Okay, ich kauf dir eine.»

Der Leibwächter von König Kandaules, der redliche Gyges, widersprach aufs neue. Man könne nie wissen, sagte er, auf was man sich bei einer Frau gefaßt machen muß, habe sie erst einmal die Kleider abgelegt. «Bitte, Herr, ich flehe euch an – euer Weib ist von großer Schönheit. Das kann ich deutlich sehen.»

«Das wirst du noch deutlicher sehen, mein Guter.»

Sie gingen in einen Schnapsladen im Village und kamen mit zwei Halb-Liter-Flaschen Gin im Arm wieder heraus. Lachend und lärmend zottelten sie rüber zum Washington Square Park und machten sich's auf einer stillen Bank bequem. Es war eine laue

Sommernacht. «Gib her die verdammte Flasche», sagte Chuck und schraubte den Deckel ab.

«Heut nacht», sagte König Kandaules, «wenn sie sich auskleidet, wirst du dich ganz nahe, im Schatten einer Tür, verbergen, und du wirst sehen, wie sie ihre Hüllen fallen läßt, und wirst die ganze Pracht des Königreichs erblicken.»

Chuck setzte die Flasche an die Lippen und ließ das weiße Feuer die Kehle runterrinnen. Verflucht noch mal, Mann, wer sagt, ich kann dieses Zeug nicht auf einmal runterkriegen! Gluck-gluck-gluck, gluck-gluck-gluck. Flammen schossen ihm durch die Brust und hinab in den Magen. Da geht sie hin. Der von Laternen beleuchtete Park verdüsterte sich plötzlich und erhellte sich dann grell weiß. *Wow*, das haut rein, 'ne Wette is 'ne Wette, und sie is schon mehr als halbleer. Wir sind in die Stadt gekommen, einen saufen, ganz aus Jersey her, oder?

Noch in derselben Nacht zeigte der König seinem Leibwächter, wo er sich verstecken sollte, was dieser auch tat, kurz bevor die Königin aus dem Bade kam. Und schon trat sie ein, in ein dunkles, wallendes Gewand gehüllt. Sie entstammte dem Geschlecht der Lydier, deren Frauen für Sittsamkeit bekannt sind, die so weit geht, daß sie sich selbst ihren Ehegatten nur selten zeigen. Vielleicht war König Kandaules deshalb so begierig, mit vier Augen zu sehen, was seine Leidenschaft erregte.

Er stellte die erste halbe Flasche Gin auf den Boden, sie war leer. «Gib ma ... gib ...» Gib die Flasche ... hab se schon ... rein damit ... Feuer! Ich brenne ... unheimlich schnell dunkel ... nie so schnell gesoffen ... da geht se hin, Nummer zwei, immer runter ... runter ... runter damit ... aufgepaßt! Da geht se hin ...

Schon jetzt, als sie sich neben dem Stuhl bückte und ihre Pantoffeln auszog, streifte Gyges, der treue Wächter, ihre lieblich glatten Beine von unten nach oben mit seinem Blick. Und als ihr Gewand sich vollends öffnete und ihre süßen festen Brüste sichtbar wurden und ihr Bauch und ihr Hügel goldenen Haars, sah der Wächter alles. Eine Augenweide, diese saftigen Rundungen, wie sie sich jetzt umdrehte und zum Bett des Königs schritt.

«Ich kann se voll austrinken ... zwei halbe Flaschen schaff ich ... immer sachte ... 'ne Wette winnen ...» Luft anhalten. «'ne halbe und noch 'ne ...» 'ne halbe und noch 'ne ... 's wird ganz schwarz. Luft anhalten. Verdammter Blödsinn so was. Aber wir sind hier rübergekommen, um zu saufen, stimmt's ... 'ne Wette is 'ne Wette, Allmächtiger!

Als die Königin in ihr dunkles Bett schlüpfte, schlüpfte der Wächter aus seinem Versteck. Doch selten kommt es vor, daß eine Frau nicht merkt, wenn sie beobachtet wird, und irgendein Instinkt ließ sie genau in dem Moment aufblicken, als der ihr wohlbekannte Umhang des Wächters den Flur entlangflatterte, und sie wußte, daß er sie gesehen hatte. Aber sie verhielt sich still.

«Chuck, bist du okay? He! Kannste mich hören, Baby? Was isn los, Chuck, du hast die Wette gewonnen! Jaaa ... hier haste deine zwanzig Bucks, Baby ... Mann, Chuck.»

«Du hast dich letzte Nacht auf dem Flur versteckt», sagte die Königin am nächsten Morgen in einer Privataudienz zu dem Leibwächter ihres Ehegatten, dem es nicht gelang, sein Schamgefühl zu verbergen, das, wie die Dinge lagen, mit einem Funken Leidenschaft vermischt war. «Ich lasse dir die Wahl, teurer Mann. Töte König Kandaules, und nimm mich zum Weib. Oder du selbst sollst sterben.»

ALLMÄCHTIGER!

König Kandaules starb in seinem Bett, erstaunt, welch ungünstige Wendung sein kleiner Scherz genommen hatte. Sein Leibwächter nahm die Krone und regierte neben der Frau, bei der er spioniert hatte. Nun mußte er nicht länger spionieren.

Die vornehmen Damen Athens klatschten in ihre hübschen Hände, denn die Geschichte von König Kandaules war eine ihrer Lieblingsgeschichten, und sie war von der lieblichen Erzählerin mit geschickt eingelegten Pausen wohl vorgetragen worden. Und nur so zum Spaß hatte sie nach und nach ihr Gewand abgelegt, um vorzuführen, wie die Königin ausgesehen hatte. So waren jetzt zwei Damen nackt, und es war ein Genuß, ihre Brüste und Lenden zu betrachten. Frauen sind so köstlich, selbst in ihren kleinsten Gesten, flüsterte die Göttin Demeter allen zu.

Der Krankenwagen kam wild kreischend die Straße hinauf

und nahm fast den Bordstein am Washington Square Park mit, aber dem Gewinner der Zwei-Flaschen-Wette war nicht mehr zu helfen.

«Was ist passiert?» fragte der Polizist den Freund des Entschlafenen.

«Wir ham 'n bißchen getrunken ... wir kamen aus Jersey, um 'n paar zu kippen ...»

4

Eine weitere liebliche Athenerin, auf einem roten Kissen kniend, setzte die Reihe der Geschichten fort. Ihre sanfte Stimme zeugte von edler griechischer Herkunft.

«Junge, ich werd dir sagen, was ich will», sagte Mr. Pant, Abkürzung für Panthella, wie es förmlich in seinem Scheckbuch stand, aus dem wöchentliche Zahlungen an junge Schriftsteller flossen, die heiße Geschichten für die Pant Publishing Company ausstießen. «Was ich sehen will – und ich will es auf jeder einzelnen Seite sehen – sind die Wörter Schwanz, Blasen, Ficken und Fotze. Auf jeder Seite.»

Schwanz, Blasen, Ficken, Fotze. Der junge Schriftsteller nickte eifrig mit dem Kopf, bereit, für Geld alles zu schreiben.

Ich weiß nicht, ihr Frauen von Athen, ob es ein Zufall war oder nicht, daß mein Sklavenmädchen, Kyno, einer solch seltsamen Form des Koitus begegnete, wie es sich letztes Jahr zutrug. Wie ihr euch vielleicht erinnern könnt, pflegte sie auf ihrem täglichen Weg zum Brunnen an einer Ziegenherde vorbeizugehen.

«Auf jeder Seite und mach's saftig. Wenn ein Kerl bei einer Puppe in den Keller steigt, dann schreib darüber, wie seine Zunge ...» Mr. Pant streckte seine eigene Zunge raus und schlängelte sie. Von hinten wurde sein Kahlkopf durch ein helles Fenster aus kleinen achteckigen Milchglasscheiben beleuchtet, die von einem Stahlgitter eingefaßt waren. Mit dem Gesicht, das er machte, mit der langen roten raushängenden Zunge, beleuchtet von dem seltsam verzierten Fenster, wirkte er wie eine dieser ziegenköpfigen Gestalten aus der Antike.

«... wie er mit seiner Zunge, zack! in die Pussy reinfährt. Fotzenhaare, Kitzler-Knabbern, alles, was dir in den Kopf kommt. Wenn du's nicht auf jeder Seite saftig machst, muß ich 'n paar Anheizfotos einstreuen. Aber ich ziehe reine Kliteratur vor.»

Der alte Ziegenbock, das starke und unbestrittene Leittier der Herde, hatte Kyno oft vorbeigehen sehen. Wann immer das Sklavenmädchen mit einem Krug voll Wasser auf dem Kopf vorüberkam, starrte er sie mit flammendroten Augen an. Oft wühlte er mit seinen Hufen den Boden auf, so daß hinter ihm die Erdklumpen niederprasselten. Und war sie vorüber, so sonderte er sich von den anderen Ziegen ab und blickte sehnsuchtsvoll hinterher, wie ihr rhythmischer Gang sie dahintrug.

«Du schreibst mir ein Buch mit Ficken, Blasen, Schwanz und Fotze auf jeder Seite, und ich zahl dir zweihundertfünfzig Bucks.»

«Sagen wir drei–fünfzig.»

«Wenn ich keine Fickbilder brauch, um's loszuwerden, dreifünfzig. Manchmal kriegt man in euren kleinen Kaffs ganz schönen Ärger mit Fickbildern.»

Eines Tages gab Kyno dem aufmerksamen Ziegenbock einen Bissen, der von ihrem eigenen Mittagsmahl übriggeblieben war. Ob sie ihn nun eigens für die Ziege aufgehoben hatte, weiß ich nicht, doch der Bock fraß ihn ihr aus der Hand und schlang ihn rasch hinunter, und als sie weiterging, folgte er ihr mit seinen Blicken. Nur die Stimme des Schäfers und dessen harte Ruten hielten den alten Bock davon ab, den lieblich sich wiegenden Hüften des Sklavenmädchens nachzulaufen.

«Du kannst alles verwenden, Stöcke, Ruten, Peitschen, Kette, alles außer Tieren. In Cincinnati sind sie erst letzte Woche wegen eines Hundes über mich hergefallen. *Puppy Love* war der Titel, von einem meiner besten Autoren. Ich riskierte es. Aber die Mütter gegen die Verbreitung von Schmutz und Schund hatten Wind davon bekommen und hängten mir eine gerichtliche Verfügung an. Und jetzt platzt mir das Lager mit *Puppy Love* aus den Nähten und kostet mich mein Geld.»

Eines Tages begann der Ziegenbock zu singen, als Kyno sich näherte; eine rauhe, gutturale Musik drang zwischen seinen Lippen hervor, als er sie sah. Er blieb genau vor ihr auf dem Weg stehen. Sie lächelte bei diesem seltsamen Gesang, wagte aber nicht zu lachen, denn seine Augen waren hitzig, und es war klar, daß er nicht scherzte. Und als sie versuchte, an ihm vorbeizugehen, versperrte er ihr mit gesenkten Hörnern den Weg.

«Wie schnell, glaubst du, kannst du mir ein Buch abliefern?»

«In 'ner Woche», sagte der junge Schriftsteller. Als er das Pant Publishing House verließ, war seine Aktentasche zur Anregung voll mit Büchern, in denen auf jeder Seite Ficken, Blasen, Schwanz, Fotze vorkam.

Ängstlich wich sie zurück, als der Ziegenbock sie mit seinem Kopf leicht anstupste. Sie ging nach links; er ging nach links. Sie nach rechts; er auch. Sie ging zurück, und schon war er an ihr dran, zerrte mit teuflischer Besessenheit ihr Kleid hoch, so daß ihre Beine und ihr Bauch nackt waren. Sie schrie auf, doch der Ziegenhirt war außer Sichtweite, und das war nun tatsächlich der Augenblick, auf den der alte Bock gewartet hatte. Er legte seine Hufe auf ihre Arme und drückte sie mit seinen Hörnern hintenüber. Das arme Mädchen war zu verängstigt, um sich rühren oder davonkrabbeln zu können. Vielleicht hatte das alles aber auch überhaupt nichts mit Angst zu tun, wer weiß?

Die ganze Woche lang schrieb er mit 'nem Steifen und sah die seltsamsten und ungestümsten Wesen in seiner armseligen Behausung.

Vom Ziegenbock überwältigt, konnte sie, als er sie bestieg und das lange dünne glänzendrote Glied seiner Gattung in ihre erstaunte Spalte trieb, sich nur noch im Sand festkrallen.

«Himmel und Herrgott, Mann, ich hab doch gesagt – keine Tiere!»

«Das ist mir ganz spontan gekommen.»

«Vielleicht», sagte Mr. Pant, «kriegen wir's als derben Klassiker durch. Ich persönlich hab auch gar nichts gegen Ziegen.»

5

Die Mädchen aus dem gemeinen Volk in Lydien, begann die nächste Sprecherin, hegen eine Sitte, deresgleichen es in unserem Heimatland nicht gibt. Sie prostituieren sich alle, ohne Ausnahme, um eine ansehnliche Mitgift für ihre Heirat zu verdienen. Für dieses Brauchtum sind ihre Väter verantwortlich, denn sie wollen die Töchter gut verheiraten. Meine Geschichte handelt von so einem Mädchen, von Lyca und ihrem Vater Mylus.

Lyca war eine dunkle Schönheit und verlangte für ihre Gunst einen stattlichen Preis. Die ansehnlichsten Männer vermochten ihr nicht den Kopf zu verdrehen, es sei denn mit dem Geschenk eines mit Rubinen besetzten Fächers oder Kamms. Nur dann würde sie ihnen ihren eigenen lieblichen Fächer geöffnet darbieten.

Sie blickte aus ihrem Fenster auf die Prince Street hinab. Nacht stieg auf über dem unteren Village. Sie zog ein weißes Hemd und eine lange Hose an und kämmte ihr kurzes Haar im Genick zu einem Entenschwanz. Ums Handgelenk trug sie ein schweres Armband, mit dem Namen Spike eingraviert. Sie trug kein Makeup, ihre Augenbrauen waren nicht gezupft, und ihr Körper war nicht gerade graziös, als sie vor ihrem Spiegel hin und her schritt und maskuline Posituren einnahm. Ihre Augen hatten einen kalten und grimmig glimmenden Ausdruck, der ihr schon immer bewußt gewesen war, selbst als kleines Mädchen. Jetzt, in den späten Zwanzigern, war dieser Blick ihr stärkstes Identitätsmerkmal geworden, denn mit diesen Augen sah sie den Mann, der zu sein sie fühlte. Das grimmige Glimmen war die Bitterkeit dieses Mannes, den das Schicksal in den Körper einer Frau gegossen hatte, ohne Schwanz und mit Titten.

Sie stopfte ihr Hemd tiefer in die Hose und strich ihren Busen flach, aber das Hemd hatte sich, bis sie unten auf der Straße war, wieder selbständig gemacht, und ihre schweren Brüste waren wieder mal allzu sichtbar. Sie hatte ein wenig Geld aus der Fabrik in der Canal Street, wo sie jeden Tag mit ein paar puertoricanischen Frauen kleine Elektroschalter montierte. Sie hatte genug Geld für einen Freitagabend in der Bar.

Lyca war durchs Verkaufen ihrer Genüsse wohlhabend geworden, und für den rechten Preis tat sie alles, was im Bereich menschlichen Verlangens stand. Diese Tatsache und seine perverse Lust waren es, die ihren Vater Mylus mitten ins Inferno der Tabus, direkt in die Klauen des Inzest trieben. Über einen anderen Kunden arrangierte er einen Besuch bei seiner eigenen Tochter, er selbst maskiert und sie mit verbundenen Augen, damit sie niemals erfuhr, mit wem sie geschlafen hatte.

Lyca ging auf die sonderbare Bitte ein, daß sie einen maskierten Mann empfangen und selbst in Dunkelheit gehüllt sein sollte, während sie sich liebten. Es war ihr gleich, wie die Sache angegangen wurde, solange es sich für sie gut auszahlte, und den Beutel schweren Goldes, den ein Bote gebracht hatte, hielt sie schon in Händen. Mein Kunde muß ein öffentliches Amt bekleiden, überlegte sie, und will nicht, daß ich ihn erkenne. Und so legte sie für ihre Augen ein Tuch aus einem Material bereit, tiefschwarz wie das Antlitz der Nacht.

Sie schritt den East Broadway hinauf in Richtung Washington Square Park. Der Park würde voller Suchender sein wie sie selbst. Der Klang von Trommeln und Gesang drang durch die Bäume. Ihre Welt war klein, das Village ihr Territorium, und sie dachte nicht daran, es zu verlassen. Der Park war der Mittelpunkt dieser Welt, in der unzählige Halbmänner, Halbfrauen herumhingen. Sie würde ein Mädchen finden; es gab immer ein Mädchen. Aber selbst der Gedanke, eines zu finden und bei Nacht zu lieben, löschte nicht das kalte Feuer in ihren Augen, vielleicht entfacht durch die Enge ihrer Welt – das Village, ein paar Blocks mit Bars und Cafés, in denen sie wie ein gefangenes, nervöses Tier umherstrich.

Lyca befestigte ihre Maske und legte sich aufs Bett. Der Knabe führte ihren Gast ins Zimmer. Es war mit schweren Teppichen ausgehängt, so daß die Schritte ihres Gastes von der schweigenden Dunkelheit geschluckt wurden, und auch hinter ihrer Maske war Dunkelheit. Aber sie konnte seine Schritte fühlen und spürte eine sonderbare Intensität in seiner Annäherung. Sie kannte die Seele der Männer, weil sie so vielen Gefährtin gewesen war, und sie wußte, daß dieser Mann äußerst aufgeregt und äußerst aufregend war.

Mylus tappte, von der Hand des Knaben geführt, wie ein Blinder, sein Herz voller widerstreitender Gefühle. Seine Tochter erwartete ihn, sein eigenes Fleisch und Blut – welch höllischer Schritt! Und dennoch, wie hatte sie ihn, schon als Kind, mit ihrer Schönheit betört, und die Liebe, die er ihr entgegenbrachte, war ein schmerzvolles Verlangen, das an Wahnsinn grenzte. Er hatte diesem Verlangen nobel widerstanden, bis sie eine Kurtisane geworden war. Dann, als er von anderen Männern von dem großen Geschick seiner Tochter im Liebeshandwerk hörte, konnte er sich dieses Vergnügen nicht länger versagen. Aber es muß maskiert geschehen, denn diese Liebe ist verrucht und blind. Und so kam er zu ihr an den Bettrand.

Sie stand an dem runden Springbrunnen im Park und lauschte dem Rhythmus der Trommeln. Menschen strömten in alle Richtungen an ihr vorbei, und sie suchte nach einem Gesicht, das lächeln, nach den Augen, die antworten würden. Sie war mit dem Nachtzug aus Ohio gekommen. Sie hatte gelernt, einen Gummi-Dildo zu tragen, und sie hatte begriffen, daß ihr Leben eine bittersüße Nummer sein würde. Das war in Ordnung so; sie konnte die billigen Bars und das heimliche, schmerzvolle Verlangen ertragen. Sie konnte die ganze Nacht in einem Café sitzen, sie war ganz auf sich gestellt; sie konnte die Nacht vorbeispazieren lassen, und niemand konnte sie herumschubsen. Aber trotzdem spürte sie eine Wut in sich aufsteigen, eine Wut, deren Ursprung sie nicht kannte, die sie an niemandem auslassen konnte.

«Sprichst du nicht mit mir?» fragte Lyca, als ihr Freier sich aufs Bett setzte. Wer mag das wohl sein, der nicht sprechen will? Vielleicht ein bekannter Redner, den die Stimme verraten könnte? Er sprach nur mit seinen Fingerspitzen, die ihr Bein sacht berührten. Wie zärtlich er ist, wie selten solche Liebkosung. Sie war rauhe Vorstöße gewohnt, und er war so scheu und zurückhaltend. Ist er jung? Sie streckte einen Arm aus und betastete seine Hand. Nein, das war nicht die Hand eines Jünglings. Also ein Mann mit einem Geheimnis? Wir alle haben unsere kleinen Geheimnisse, dachte sie und öffnete ihr Gewand, damit er ihren Schatz fühlen konnte.

Der Park wurde von Straßenlampen grell erleuchtet, und durch die Lichtkegel schritten Pärchen und Gangs, Einzelgänger und Freaks. Auch sie war ein Freak, eine besondere Art Freak, in Oberhemd und Männerhose, in schlichten Schuhen, mit abgekauten Fingernägeln und vornübergebeugten Schultern. Sie stand da, die Hände in den Taschen, eine Zigarette im Mundwinkel. Sie holte tief Luft und richtete sich auf, einen Fuß ließ sie dabei lässig auf dem Brunnenrand ruhen, mit jenem maskulinen Gebaren, das sie für ihr verschüttetes Ich hielt, an dem sie so hart arbeitete, um es sichtbar zu machen. Ich bin halt 'ne New Yorker Butsch, Baby. Der sachte Schmerz der Traurigkeit kam, und sie lächelte ihn hinweg, irgendwohin, auf niemand Besonderen in dieser Sommernacht gerichtet. Dieser sachte Schmerz schien von Partykleidern und Puppenwäsche herzurühren, von Erinnerungen, von Dingen, die sie bedrohten, die in ihrem Herzen aufkamen und die sie ohne ein Wort ertragen mußte. Dieses Leiden, das bittere und distanzierte Lächeln, das es markierte, war für sie das Kriterium ihrer Männlichkeit. Sie hatte die Kraft, diesen Schmerz zu erdulden, an ihm vorbeizulächeln, rauh, hart, wie ein Held, ein französischer Leinwandgegner – was auch immer –, solange sie sich der Traurigkeit nicht beugen und wie eine Frau weinen mußte. Der laue Sommerwind wehte das kurzgehaltene Haar in feinen Strähnen über ihre Stirn, und sie schlenderte ans andere Ende des Brunnens. Dort hatte sich eine kleine Menschenmenge angesammelt, die einem Schwarzen zuhörte, der zu seiner einsaitigen Gitarre sang. Ein Freak, ein einsamer Wanderer, wie wir alle.

Mylus verweilte mit den Fingern auf dem Körper seiner Tochter, und berührte ihn nicht wie Männer, die zum erstenmal ein fremdes Ufer betreten, sondern wie ein Seemann, der in ein vertrautes, aber vor langer Zeit verlorengegangenes Land zurückkehrt und all die kleinen Hügel und Täler genießt.

Fasziniert von dieser aufmerksamen Freundlichkeit und nicht im geringsten beunruhigt, ging Lycas Puls schneller, als er sie hier und da und schließlich da berührte.

«Du bist sanft», sagte sie, indem sie ihn empfing in jenem geheimen Gemach ihres Berufs, das sie mit cremigem Schaum ausgestrichen hatte, um sicher zu sein, daß alles ohne Spannung und Trockenheit ineinanderpaßte. Sie sah in ihre schwarze Maske und war über ihren Liebhaber verwundert, und ihre Verwunderung nahm zu, als er vollends in sie eindrang, denn sein Glied war glühend, als trüge er das Feuer des Apollo in sich.

Mylus versank in der Tiefe seines verzweifelten Verlangens, in der Vagina seiner Tochter; der kleine Traum, den er genährt, ging alptraumhaft in Erfüllung. Bei dem Gedanken an die vielen Männer, die sie genossen hatten, steigerte sich seine Lust noch. Sie ist der Liebe Freiwild für den, der den Preis trägt; und so zerbrach er das Tabu des Inzests. In rituellem Erwachen stieß er sein Glied immer wieder in seine geliebte Tochter, und sie antwortete mit kleinen Schreien, höchst alarmierend für die Ohren ihres Kammerknaben, der an solch emotionale Ausbrüche seiner Herrin nicht gewöhnt war. Aber er wartete vor ihrer Tür und wußte, daß sie noch mit jedem Mann fertiggeworden war.

Lyca aber befand sich in einem Zustand höchster Erregung, und nie zuvor, während ihrer ganzen Karriere nicht, hatte sie etwas Ähnliches erlebt. Wäre es möglich, daß sie, die goldene Prostituierte, mit verbundenen Augen ihrem Schicksal begegnet war? Ihre Aussteuer war beisammen, vollkommener als die eines jeden anderen gemeinen Mädchens dieser oder einer benachbarten Stadt. Sie war frei in der Wahl eines Ehegatten, wie es bei Frauen Sitte war, die sich ihr eigenes Vermögen erarbeitet hatten.

«Ich habe viel zu geben», flüsterte sie, während er sie liebte. Seine Antwort war ein zuckender Schauder, der sie in ihrer Überzeugung bestärkte, daß er es war, daß eine schicksalsträchtige Begegnung im Dunkeln stattgefunden hatte. Sie wußte sofort und instinktiv, daß er der Mann war, der einzige Mann. Und es war die Liebe, die sich in jeder Hure verbirgt, die in ihr Herz sprang, ihre Brust schwellen ließ. «Ich gehöre dir», sagte sie, indem sie ihn fest an sich drückte, ihre Knie emporhob und ihn mit ihren Beinen umklammerte. «Und du gehörst mir. Ich weiß es genau. Die Götter flüstern es mir ein, mein Liebling, zweifle nicht daran.»

Die Menge um den Sänger wurde größer, und sie lächelte, wie sie seiner hohen Stimme lauschte, die einen dunklen Harlemsong angestimmt hatte. Und dann wurde das enge Aneinanderreiben der Körper in der Menge mehr als zufällig. Plötzlich fühlte sie, wie hinten am Hosenboden eine Hand zugriff, und sie drehte sich wie ein Kampfhahn mit erhobenen Fäusten um, sah sein Gesicht, das Gesicht eines fiesen Typen, eines ungehobelten, dummen, kurzgeschorenen und lächelnden Hurensohns, und die tief in ihrem Innern brennende Flamme des Hasses loderte hell auf. Mit der Wut vieler Jahre schlug sie ihm so heftig ins Gesicht, daß sie beide zu Boden gingen, er flach auf den Rücken und sie auf ihn drauf. «Laß deine Pfoten von den Frauen!» schrie sie, und als er sich mühte aufzustehen, schlug sie erneut auf ihn ein, mitten auf die Nase, und mußte von ihm runtergezerrt werden. Sie wurde von der Menge festgehalten, während er hastig aufstand und, sich die Nase haltend, schnell im Schatten des Parks verschwand. Sie atmete wild, ihr Herz schlug wie wahnsinnig, aber sie war von einer schreienden Freude erfüllt, als wäre ihr Frauenkörper endlich von ihr abgefallen, und als hätte ihre Männlichkeit sich auf wunderbare Weise manifestiert. Kräftige Arme hielten sie, als sie sich zu befreien suchte, und sie fühlte sich wie ein Preiskämpfer. Als man sie losließ, gab es Gelächter, und sie blickte sich rasch um, aber keiner, weder Männer noch Frauen, erwiderte ihren Blick. Sie zog auf einem der vielen Wege des Parks weiter, vorbei an den dichtbesetzten Bänken und an den Schachtischen, von denen man das Klick-klick der Schachfiguren in der Stille der Spiele hören konnte.

Wie überrascht war Lyca, ihr Damen Athens, als ihr geheimnisvoller Liebhaber, dem sie gerade ihr Herz geöffnet hatte, mit einem Schmerzensschrei von ihr sprang, wie sie ihn weder von Männern, Frauen oder Tieren je gehört. Der Maskierte floh aus ihrem Gemach in die Nacht und ließ sie zurück mit ihrer Liebe, die schon im zarten Keim erstickt worden war.

6

Ihr Damen von Athen, hub die nächste Sprecherin an, wir müssen uns auf unsere süße Stärke besinnen und uns ihrer erfreuen. Wie Vater Plutarch einst sagte, Flötenmädchen haben auf den Kronen der Könige herumgetrampelt. Und davon handelt die Geschichte, die ich jetzt für euch spinnen werde.

Jeden Abend nach der Arbeit ging er die 42. Straße hinab zu seinem Lieblingsbuchladen. Im hinteren Teil des Ladens gab es eine Reihe Kammern, die man den verschiedensten Aspekten des Voyeurismus geweiht hatte, und er begab sich, wie so oft, in seinen Lieblingsraum, eine Kammer von der Größe eines Kleiderschranks mit einem Fenster in der Wand. Dieses Fenster war dunkel und durch einen Vorhang verdeckt. Neben dem Fenster befand sich ein Schlitz, und wenn man dort eine Münze einwarf, löste man einen Mechanismus aus, der den Vorhang zur Seite rollen ließ und den Blick in ein angrenzendes Zimmer freigab. Man sah eine rotierende Plattform, auf der ein nacktes Mädchen lag.

Ihr Name war Semiramis, und sie war die Konkubine eines Sklaven, der König Nimus gehörte. Der Sklave behandelte sie gut, denn sie war außergewöhnlich schön mit ihren dunklen syrischen Brüsten, die in sanften rubinfarbenen Brustwarzen ausliefen. Sie wußte sich mit Perlen und feinen Gazetüchern wohl zu kleiden, so daß alle ihre Reize wie selbstverständlich zum Vorschein kamen, etwa hinter einer Perle, die auf einmal zur Seite gleiten mochte und den Blick auf die stolze Welpennase einer Brust freigab. Mit solch körperlicher Pracht hielt sie den armen Sklaven in einem ständigen Zustand der Erschöpfung, denn sie entzog ihm jedes Quentchen seiner Männlichkeit. Nun, sie war eine Sklavin, und was sollte sie mit den langen heißen Tagen denn schon anderes tun, als ihn in Versuchung zu führen, ihn mit ihren Schenkeln anzuspornen und ihn auszusaugen, daß er bald blaß war wie ein sterbender Mond.

Als er sie durch das Fenster hindurch erblickte, öffnete er seinen Gürtel und ließ Hose und Unterhose fallen. Aber wenige Augenblicke später schloß sich der Vorhang wieder, und er mußte noch einen Vierteldollar einwerfen, damit er sich erneut öffnete. Während er das nackte Mädchen heißhungrig anstarrte, das verschiedene obszöne Positionen einnahm, begann er seine einsame Latte zu reiben und dabei keuchende Laute von sich zu geben. Und als der Quarter durchgelaufen war und der Vorhang sich wieder schloß, hielt er mit seinem Stöhnen inne, weil er nicht zu schnell abspritzen und seine feierabendliche Cocktailstunde nicht zu einem vorzeitigen Ende bringen wollte. Er warf noch einen Quarter ein, der Vorhang ging wieder auf.

Der große König Nimus, von erhabener Herkunft, stolz wie ein Löwe, gierig wie ein Rabe, feinsinnig wie eine Eidechse, die beim Anblick eines Insekts im Jagdfieber erstarrt, war gefesselt von den Reizen der Semiramis, die wie zufällig an seinem offenen Thronsaal vorbeistolzierte. Er ließ sie sogleich rufen, ließ die Türen hinter ihr verschließen, ließ sie sich entkleiden und nahm sie.

Semiramis aber war keine gewöhnliche Dirne. Sie war mit jenem seltenen Freiheitsdrang des Körpers zur Welt gekommen, der in einem orgiastischen sich Hin- und Herwerfen, in Schreien, in Weinen und Sichkrümmen resultierte, so daß ihr Liebhaber den Eindruck haben mußte, er sei mit zehn Frauen auf einmal ins Bett geraten. König Nimus war höchst überrascht, und einen Augenblick lang fürchtete er wie ein Kind für sein Leben, so heftig waren die Wallungen unter ihm und die Liebesbisse und das Herumfingern und Drücken und all die anderen Tricks der viellistigen Semiramis.

Der kleine Mann im dunklen Spähgeviert rieb sein Fleisch in sanftem Rhythmus, versuchte es zurückzuhalten, sein Vergnügen bis zum Rande zu steigern und es da zu halten, um sich dann noch weiter zu steigern. Im Wichsen war er Experte, der haargenau wußte, wie er seinem Glied ein Maximum an Samen entlokken konnte. Wieder schloß sich der Vorhang, und er lockerte den Griff um seinen zuckenden Wüstling. Mit all seinen Sinnen auf das Mädchen fixiert, das nebenan auf der Plattform rotierte, war er sich des kleinen dunklen Kämmerchens, in dem er sich befand, kaum bewußt. Folglich bemerkte er nicht, daß ihn ein Augenpaar durch einen Schlitz in der Wand betrachtete, der von der Geschäftsleitung mit aller Sorgfalt angebracht worden war. Dort saß ein anderer Mann, sah dem Mann, der das Mädchen anstierte, zu und zahlte dafür einen halben Dollar. Der zusätzliche Vierteldollar war also der Aufpreis für den Blick auf das Mädchen, weit weg hinter dem verhangenen Fenster, und auf den Mann im angrenzenden Zimmer, der sich ihr zu Ehren einen runterholte.

«Du bist wundervoll», sagte der König zu Semiramis, nachdem ihre erste Runde den Höhepunkt erreicht hatte.

«Ich bin nichts weiter als das Spielzeug eines Sklaven», sagte sie, während sie am König herumspielte.

«Du bist die wichtigste Frau im ganzen Königreich geworden. Es gibt keine, die dir gleicht.»

«Nein, nein. Ich bin nichts als ein glänzender kleiner Stein ohne wirkliche Bedeutung. Du, mein König, bist der König der Juwelen.» Und indem sie so sprach, kraulte sie jene wertvollen Juwelen, die nicht glitzern, außer in ihrem Innern, wo sie flüssigfeurige Kristalle bergen.

Seufzend sagte der König: «Was immer du dir wünschst, gehöre dir, du kleiner Edelstein.»

«Dann laß mich etwas Albernes wünschen», sagte Semiramis. «Laß mich einen Tag lang auf dem Thron sitzen und deine Krone tragen und die Staatsgeschäfte führen.»

Der König willigte ein. Sie spielten immer weiter miteinander, und er tat noch mehr von seinem königlichen Samen in ihre dunkle Erde. Den ganzen Nachmittag ergötzten sie sich, und Semiramis sog alle Lebenskraft des Herrschers in sich hinein, bis er erschöpft und schwach auf den dicken Teppich sank, glückselig vor sich hin kicherte, wie betäubt von der Trockenlegung seiner Männlichkeit. Dann sprach sie, die von königlichem Samen fast zerbarst, mit süßer Stimme: «Darf ich jetzt den Thron einnehmen?»

«Ja, ja», antwortete er lachend; sein Atem ging stockend und schwer.

Und sie bestieg den Thron, setzte sich die Krone aufs Haupt und nahm die königliche Positur ein. Der König mußte wieder lachen, als er sie beherzt und betörend da sitzen sah. Frauen, so ging's ihm durch den Sinn, sind wie Kinder. Wie gern sie doch spielen.

Wie ein Wahnsinniger keuchend, zerrte der Selbstbefriedigungskünstler ein Kleenex aus einer Schachtel, die in weiser Voraussicht von der Geschäftsleitung bereitgestellt worden war, um überflüssige Schmantflecken auf dem Boden zu vermeiden, die jemanden ausrutschen und hinfallen lassen konnten. Der Künstler legte das Tuch um seinen Schwanz, zollte dem rotierenden Mädchen einen letzten feurigen und lechzenden Blick und kam, kam, während er sich auf dem Stuhl weit ausstreckte. Vor seinem Auge erschienen hundert Frauen auf einmal, und sie alle gehörten ihm, und es war so schön und traurig, so warm und schrecklich, so vorbei und fertig. In phantastischer Leidenschaft gefangen, hörte er nicht das Surren der Sechzehn-Millimeter-Kamera, die, in einem von der Geschäftsleitung sorgfältig gesteckten Blumenarrangement installiert, auf ihn gerichtet war. Er wußte nicht, daß er ein Star war! Schon bald würde er über und unter dem Ladentisch in vielen Kopien an frustrierte Hausfrauen, an Filmverleiher, an die verschiedensten begeisterten Sammler und Filmspezialisten in aller Welt verkauft werden. Sein Name in Neonbuchstaben! Angekündigt in spannenden Abenteuermagazinen, die Männer so mögen – und Frauen auch! Die Hauptdarstellerin und er, als Stars in:

DIE TECHNIK DES MASTURBIERENS
FÜR SIE
Eine wissenschaftliche Studie einer Diplom-Krankenschwester, zuzüglich der männlichen und weiblichen Anatomie.
Für Anfänger.
$ 4.95
(Selbstverständlich in neutralem Umschlag versandt)

Er wischte sich den pulsierenden Schwanz ab, packte ihn wieder in die Hose und stakste raus auf die Straße. Er mußte jetzt direkt zur Grand Central Station, sonst würde er seinen Zug verpassen. Es war schon dunkel, und seine Frau hatte bestimmt schon das Essen auf dem Tisch.

Semiramis hielt das königliche Zepter in der Hand, und König Nimus brach in schallendes Gelächter aus. Wie liebreizend sie ist auf meinem Thron, mit ihren hübschen Beinen und dem reinen Blick. Sie hat all meine Säfte, das läßt ihre Augen so glänzen, wie die Augen einer Königin. Hört mal, wie sie nach der königlichen Wache ruft. Sie klingt wie der Souverän.

Die Wachsoldaten des König Nimus kamen herbei, sechs Mann stark, in Rüstung und Waffen, marschierten vorsichtig um den am Boden liegenden König herum und nahmen am Fuße des Throns ihren Platz ein. Die Konkubinen-Königin lächelte voll kalter Autorität. «Nehmt diesen Mann, der so respektlos dort liegt, fest und legt ihn in Ketten.»

Ohne mit der Wimper zu zucken, ergriffen die Wachsoldaten den König, der eben noch ihr Gebieter gewesen war. «Laßt mich los, Dummköpfe!» schrie er. «Es ist nur ein Spiel! Laßt mich los, oder ich lasse euch auf der Stelle töten. Laßt mich ...»

Aber Krone und Zepter sind die syrischen Symbole königlicher Hoheit, und Semiramis trug beide so selbstverständlich, als hätte sie sie schon immer getragen. Und wenn der König so töricht war, sie dieser Frau zu überlassen, mochte er vielleicht doch nicht der weiseste Herrscher sein. Semiramis aber war weise, und mit großer Klugheit herrschte sie lange Jahre über Asien.

7

Die nächste Erzählerin war eine dunkeläugige Schönheit, die ihre Beine auf so lässige Weise von sich streckte, daß ihr Gewand den Blick freigab bis zum Schritt, auf dunkle, sauber gestutzte prächtige Locken. Frauen Athens, sagte sie, bitte erinnert euch an Mais, die berühmte Prostituierte unserer Stadt, die so viele verschiedenartige Liebhaber hatte. Im Dickicht des Liebesspiels war sie ein kräftiger Baum, der sich gestattete, alle fünf Jahre Frucht zu tragen, einen Sohn des Mannes auszutragen, der ihr am besten gefiel, gleichgültig ob Soldat, Richter oder Taugenichts. Mit schwerer Seide und Wandteppichen aus aller Welt rot ausgeschlagen war das Gemach, in welchem sie sich für ihre Kunden niederlegte und ihre heilige Pflicht ausübte.

Die 49. Straße war immer noch gut genug für eine letzte Nummer, und sie schlenderte in einem Minirock, der knapp ihren Hintern bedeckte, darauf entlang. Ihr Magen war mit Gasen von zuviel billigem Sekt gefüllt. Grad noch schnell 'ne Nummer vorm Schlafengehn, und jetzt sah sie ihn, schuldbewußt und geil, wie er da vor dem *Cuckatoo Club* stand, einer Bar für Mädchen der zweiten Garnitur, in die er sich weder reintraute noch Grips genug hatte, davon wegzubleiben.

Es begab sich, daß ein Soldat unserer Armee nach Mais suchte. Er fragte einen alten Mann aus dem Nuttenviertel nach ihrem Haus.

«Dort drüben werdet Ihr sie finden, Herr», sagte der alte Mann und zeigte auf Mais' Haus. «Und sie ist wirklich einzigartig.»

«Ich habe gehört», sagte der Soldat, «daß sie große Tugenden besitzt.»

«Das mag wohl sein, Herr, doch ich glaube, daß ihre Tugend ein gewisses Laster ist.»

Der Soldat wurde in die Gemächer der Prostituierten geführt, wo sie ihn auf ihrer goldenen Liegestatt empfing.

«He, Honey», sagte sie.

«Hallo», sagte der Typ vor der Bar und drehte sich nach ihr um, wobei seine Augen aufleuchteten.

«Siehst einsam aus.»

«Meinste, du könntest es ändern?»

«Kann's ja mal versuchen.»

Er legte den Arm um sie, und sie zogen die Straße runter.

Um die Prostituierte Mais waren Pfauenfedern gesteckt, von denen man sagte, sie brächten Liebenden Unglück. Der ältliche Hauptmann der Armee sagte: «Madame, ich suche den Scharfsinn einer Frau.»

«Komm zu mir auf die Couch, Hauptmann», sagte Mais. «Ich kann dich nicht ins Vertrauen ziehen, bevor ich dich nicht in meinen Armen halte. Komm her, alter Kämpe, auf in die Schlacht mit Mais.»

Der Mann stoppte an der Ecke 49. Straße und Broadway. «Steig ein», sagte er und zeigte auf einen langen schwarzen Wagen, in dem schon ein anderer Mann wartete.

«O nein, keine Vergnügungstour für Muttern.»

«Du wirst diesen Trip machen, Schwester», sagte er, zog seine Dienstnummer hervor und öffnete gleichzeitig den Wagenschlag.

«Du dreckiger Hurensohn.» Sie zog ihren Arm weg, er aber stieß sie auf den Rücksitz.

Der Hauptmann begab sich also zu ihr auf die Couch und fühlte unter sich die ganze Lieblichkeit der Kurtisane, ihre tröstende und vollendete Kunst. Sie beruhigte und streichelte ihn, und als sie sich liebten, sagte sie leise: «Welches Problem plagt dich, Hauptmann?»

«Viele Schiffe kommen den Fluß herauf, uns anzugreifen. Ich kenne kein Orakel, das ich befragen könnte. Wir sind an Zahl weit unterlegen. Wie soll unsere Verteidigung vonstatten gehen?»

«Es gibt eine Verteidigung gegen Vernichtung, die nur wir Prostituierten kennen», sagte Mais.

Sie fuhren den Broadway hinunter zur Polizeiwache. Sie saß zusammengekauert in einer Ecke auf dem Rücksitz.

«Was issn los, Baby», sagte der Sittenbulle. «Hat's dir deine Zunge verschlagen?»

«Leck mich, du Arsch.»

«'ne zähe Nummer. Na, wir werden sehen, wie zäh du wirklich bist, Honey.» Er lachte rauh auf und spuckte aus dem Fenster des nicht gekennzeichneten Streifenwagens.

Wie ein Schiff auf den Wogen des Ozeans, so kam sich der Hauptmann plötzlich vor. Er trieb dahin auf den weichen weißen Brüsten der Prostituierten. Ihre Augen waren dunkel und hinreißend wie die Augen der Pfauenfedern, und ihre Lippen waren so rot wie Hagebutten. Wie ein Mann, der aus einem Traum erwacht, blickte er auf die Frau unter sich und war verwirrt.

Der Streifenwagen hielt vor der Polizeiwache; sie führten sie die Steinstufen rauf und durch die Tür, zum Pult des Nachtdiensthabenden.

«Anschaffen auf der 49. Straße», sagte der Beamte, der sie festgenommen hatte.

Sie war ganz still, untergetaucht in der Kälte ihres wahren Herzens, wo kein Freak sie verletzen konnte. Das war sowieso immer da – was zum Teufel es auch sein mochte –, ein Stück Eis vielleicht, weil es niemals schmolz.

«Alle Männer sind gleich, Hauptmann», sagte Mais, ihren Liebhaber wiegend. «Das ist der Hure Weisheit.» Und noch während die Prostituierte sprach, fühlte der herannahende Angreifer die Erschütterung ihrer Weisheit, denn das Wasser des Flusses begann zu brodeln, als hätte ein gigantischer Fischschwarm zu tanzen begonnen. Die Orakelsprüche von Delphi besagen, daß jedes Lebewesen, das einen großen Teil des weitläufigen Wissens um die Existenz gemeistert hat, mächtig ist, gewisse Elementarkräfte zu kontrollieren. Und das war es, was die vollkommene Prostituierte, die liebliche Mais, tat.

«Ja, Hauptmann», sagte sie, «alle Männer sind gleich. Mein Körper wird für diese Gleichheit Zeugnis ablegen.»

Das Stadtvolk, wie auch die angreifenden Soldaten, gafften mit offenen Mäulern. Der Lauf des Flusses kehrte um. Schlamm wurde sichtbar; der Wasserschleier rollte sich auf und floß, wie von einem gewaltigen Windstoß getrieben, flußaufwärts, von wo er gekommen war.

Sie wurde von dem Beamten, der sie festgenommen hatte, in einen kleinen kahlen Raum geführt. «Heb deinen Rock hoch.»

«Hier ist keine Polizistin, du Sack. Ich heb meinen Rock nicht für 'n Freak wie dich hoch.»

«Ich habe gesagt, heb ihn hoch, du alte Sau!»

Sie wich vor seiner geballten Faust zurück, tauchte in ihr Eisherz und hob den Rock wie in einem bösen Traum. Sie war gar nicht richtig da. Sie war irgendwo weit weg und beobachtete den gierenden, kranken Hurensohn, dem die Augen beim Anblick ihrer Strümpfe und weißen Oberschenkel übergingen. Sie war nicht da und würde nie da sein. Vielleicht ist das Eis in mir der Tod. Ich trage den Tod in mir herum, nehme ihn überall hin mit.

Der Hauptmann verließ das Haus der Kurtisane und nahm die Erinnerung an ihre mondweißen Schenkel mit sich. Wenn ich diese Nacht bei der Verteidigung der Stadt sterben sollte, so wird das eine gute Nacht fürs Sterben sein. Ein Läufer der Armee kam ihm völlig außer Atem entgegen.

«Der Fluß, Hauptmann. Höchst merkwürdig, Herr.»

«Was gibt es?»

«Drehte um, Herr, und blieb stehen, als hätte irgendeine mächtige Kraft seinen Lauf angehalten!»

Der Sittenbulle griff mit seiner Hand nach ihrem Slip. «Mal sehn, ob du Dope bei dir hast, Baby», sagte er und zerrte den Slip runter.

«Laß mich in Ruhe, du Arschkriecher.» Wie ein verängstigtes Kind bohrte der Bulle ihr seinen Finger in den Arsch.

Der Hauptmann eilte durch die mondbeschienene Nacht ans Flußufer. Der Fluß strömte wie immer und schob sich dunkel durch die Nacht. Aber die Fackeln des Feindes, der sich früher am Abend genähert hatte, waren erloschen, und vom drohenden Angreifer war kein Laut mehr zu hören.

«Ich schwöre es, Hauptmann», sagte der Junge. «Viele von uns haben es mit eigenen Augen gesehen. Ihre Schiffe wurden fortgerissen und aufs Meer zurückgeworfen.»

Sie ließ ihn seinen Finger in ihren Arsch zwängen, wobei er ihr mit seinem plumpen Daumen wehtat. Sie ließ es über sich ergehen und opferte keine einzige Träne, sie war nicht einmal wütend. Es würde ihr nichts nützen, ihn anzuzeigen; eine Hure hatte in diesem Haus keine Chance. Und in dem verzweifelten Griff seiner Gorillapranken erkannte sie den alten Liebhaber, den einen, den sie in all den Nächten so gut kennengelernt hatte.

Als sie den nächsten Kunden in ihrem rot ausgeschlagenen Gemach empfing, war Mais, die vornehmste Prostituierte von Athen, taufrisch, als hätte keine Vergangenheit sie je besudelt. Sie schien Jungfrau, obwohl sie erst vor einer Stunde von einem Hauptmann unserer Armee ein Kind empfangen hatte. Doch erinnerte sie sich seines Besuchs mit heimlicher Freude, und nach Ablauf eines Jahres gab sie sein Kind in den Tempel des Orakels von Delphi. Das Kind wurde dort in die heiligen Brauchtümer eingeführt wie ein Kind, das ohne Scham empfangen worden war.

8

Dann erhob die Hohepriesterin ihre Stimme, um die nächste Erzählung dieser Nacht zu beginnen. In Babylonien ist es Sitte, sagte sie, daß jede Frau einmal in ihrem Leben zum Tempel der Aphrodite geht und sich einem Fremden hingibt. Der Tempel ist immer voll, und die Frauen warten in langer Schlange. Der Mann zeigt seine Wahl an, indem er eine Münze in den Schoß der Frau wirft, und sie darf sich ihm nicht verweigern. Daraufhin begeben sie sich zu einem nahe gelegenen Feld und beginnen zu ficken.

Sie hatte in dieser Firma schon viele Bosse gehabt, und sie weigerte sich, deren Fußmatte zu sein, und sagte es ihnen auch. Sie weigerte sich, ihnen morgens Kaffee und Brötchen zu holen. «Ich bin kein Dienstmädchen, Herr Soundso», sagte sie, und es dauerte nicht lange, bis sie zu einem anderen leitenden Angestellten versetzt wurde. So hatte sie einen nach dem anderen durchgemacht, bis sie Sekretärin eines komischen, gequälten Mannes wurde, eines genialen Werbetexters, dessen Verdauungsstörungen das Problem des morgendlichen Kaffee- und Brötchenholens lösten. Das einzige, was er den Tag über an Nahrung zu sich nahm, war etwas Obst, das er mittags aß. So merkwürdig sein Speiseplan auch war, er war der fähigste Werbetexter der Branche, der Mann, der seiner Feder den berühmtesten Werbebrief aller Zeiten entlockt hatte, welcher so begann:

Sehr geehrter Herr,

Lassen Sie mich einen überschäumenden Fluß von Reichtümern in Ihr Leben entlassen.

Sein ureigenes Problem war das Entlassen eines Sturzbachs von Schmerzen in seinem Gedärm – ein Magenleiden, das täglich an seine Tür pochte und das er mit seiner Früchtediät nur mühsam unter Kontrolle halten konnte. Seine stille Pein rührte in seiner Sekretärin das Gefühl mitleidiger Sympathie, und sie wurde ihm eine sich aufopfernde Mitarbeiterin.

Mit hurtigem Schritt ging sie zum Tempel der Aphrodite. Einen Ehemann hatte sie nicht, weil sie nicht hübsch war. Ihre einzige Liebesaffäre war der trunkene Augenblick mit einem Sklaven gewesen, vor vielen Jahren, als sie ein noch reizloseres Geschöpf war. So ging sie also, mit einem Verlangen im Körper, das Jahr um Jahr gewachsen, und ohne einen Liebhaber in Sicht, zum Tempel, um die Auserwählte eines Fremden zu werden. Frohgemut machte sie sich in ihrem besten Gewand, parfümiert und mit ihrem einzigen Schmuckstück, einem goldenen Armband in Schlangenform, das ihr Handgelenk zierte, auf den Weg. Als sie sich dem Tempel näherte und die leuchtenden Farben sah, in die die anderen Frauen sich gekleidet hatten, und es waren ihrer so viele, stockte ihr Schritt. Als die ganz nah daran war und die Schönheiten direkt vor sich sah, die in langer Reihe darauf warteten, von einem Fremden erwählt zu werden, sank ihr Mut, und ihre Verlegenheit nahm zu. Bei all diesen Schönheiten, die zu haben waren, den schönsten Frauen Babylons, wer würde da noch sie, ein reizloses Ding mit einem Pferdegesicht, aussuchen?

«Gibt's heute noch etwas zu tun, Mr. Comola?» Die tüchtige Miss Radcliff stand neben dem Schreibtisch des gequälten Werbetextgenies. Sie hatten jetzt schon ein Jahr lang zusammengearbeitet, in welcher Zeit er Hunderte von Werbebriefen von außerordentlicher, nahezu magischer Überzeugungskraft geschrieben hatte, die die phantastischsten hypnotischen Winke gaben und die Gewinne seiner Firma beträchtlich hatten steigen lassen. Doch bei den Frauen hatte er keine Fähigkeiten entwickeln können, keine überzeugende Zeile, keinen professionellen Zugang. Er hatte sich mit dem Zölibat praktisch schon abgefunden, bis Miss Radcliff auf der Bildfläche erschienen war und seine Leidenschaft wieder zu neuem Leben erweckt hatte. Häufig, wenn er Sturzbäche von Verkaufserfolgen komponierte, war sein Blick auf ihre übergeschlagenen Beine fixiert.

Er folgte dann dem glatten Wuchs ihrer Beine, vom Knöchel rauf zum Knie, und manchmal, wenn sie eine plötzliche Bewegung machte, sich auf ihrem Bürostuhl drehte, sah er DIREKT DEN GOLDENEN STROM IHRER OBERSCHENKEL HINAUF! Lassen Sie es mich noch einmal wiederholen, Sir, damit Sie die Ernsthaftigkeit unseres Angebots klar erkennen können – IHRE OBERSCHENKEL UND MANCHMAL SOGAR EINEN AUSBLICK AUF IHR ROSAROTES HÖSCHEN!

Sein Genius gedachte sie zu gewinnen, wie er schon Millionen von Postwurfsendungsempfängern im ganzen Land gewonnen hatte, wertlose Bücher von Spinnern und Hochstaplern zu kaufen, von Alleswissern und religiösen Lunatikern geschrieben, die seine Firma ausgesucht und unter Vertrag genommen hatte. Wann immer irgend so ein Schwachsinniger mit einer Anzeige in einem religiösen Blatt (seine Firma hatte sie alle abonniert) oder im *Far Out Space*-Magazin erschien, schrieb der Cheflektor diesem Kerl einen Brief und sagte: *Sehr geehrter Herr, hätten Sie Lust, über Ihr wunderbares System der Zukunftsvoraussage an Hand von gebrauchten Kleenex ein Buch zu verfassen?*

Wurde dann ein Manuskript eingeschickt, so war es völlig unverständlich. Alsdann wurde es an einen Lektor mit akademischem Abschluß weitergeleitet, der es in lesbare Sprache überarbeitete. Und der geniale Texter Comola spann dann einen Phantasiebrief voller Versprechungen über dieses Buch für alle Männer und Frauen Amerikas zusammen.

Mit solcher Erfahrung beim Verkauf wertloser Produkte auf komplizierte Art und Weise hatte er sich auf jenen erhabenen Augenblick vorbereitet, der jetzt gekommen war. Am ganzen Körper zitternd, tippte er eine kleine Notiz und reichte sie seiner Sekretärin, der tüchtigen Miss Radcliff. Darauf stand:

Heute abend Dinner. Hole Sie um acht ab.

Sie setzte sich neben die goldene Statue der Aphrodite und sah zu, wie die Priester und Priesterinnen den wartenden Frauen zu essen servierten, denn es war wichtig, daß Gäste der Göttin gut essen und trinken. Gutes Essen und guter Wein wurden mit dem Geld, das der Tempel vom babylonischen Adel als Opfergaben erhielt, eingekauft. Und so verzehrte sie ein köstliches Mahl, und jedesmal, wenn ein Mann an ihr vorbeikam, versuchte sie, ihm ihr hübschestes Merkmal, ihre zierlichen Füße, zu zeigen. Aber die Männer gingen immer vorüber und warfen ihre Münzen in den Schoß einer Schönheit. Sie aber saß da und wartete – einen Tag, einen Monat, ein Jahr.

Sie hatte mit anderen Angestellten der Firma Verabredungen gehabt, aber die waren alle so aufgeblasen und von sich selbst überzeugt gewesen. Mr. Comola, Jim, war schüchtern und bei weitem der Beste unter ihnen. So ging sie, fast wie auf Wolken, nach Hause, obwohl ein Mädchen aus der Arbeiterklasse den Boden immer noch mit wenigstens einem Fuß streifen sollte. Sorgfältig und in aller Ruhe bereitete sie sich für ihn vor, badete in warmem Schaum und zog ein besonders verführerisches rotes Kleid an, das sie nie im Büro trug. Als sie vor ihrem Spiegel das Make-up auflegte, summte sie ein Liedchen vor sich hin, und schon war da weit hinten in ihrem Hinterkopf ein schwaches Bild vom ständigen Zusammenleben mit Jim Comola. Ihre Augen strahlten, von schmalen Linien eines kunstvollen Schwarz und sanft aufgetragenen blauen Schatten abgesetzt.

Ein ganzes Jahr lang fing sie nicht einen einzigen Blick eines Fremden auf. Sie hätte den Tempel natürlich verlassen und in eine etwas diskretere Einsamkeit fliehen können, doch sie entschied sich, beim Tempel der Aphrodite zu bleiben, denn sie war zu dem Schluß gekommen, daß ihr nirgendwo anders eine so gute Behandlung widerfahren würde , und die Statue der Göttin war so lieblich anzuschauen. Von ihr träumte sie, Tag um Tag, das ganze zweite Jahr ihres Aufenthalts. Und indem sie sich mit einer Priesterin des Tempels anfreundete, wurde ihr gelegentlich gestattet, an den die Göttin beschwörenden Tänzen teilzunehmen und die geheimen Gebete aufzusagen. Das entspannte sie, löste ihre Verklemmung und lenkte sie von ihren wenig entwikkelten Reizen ab.

Mittags hatte er lediglich ein wenig Obst zu sich genommen, ein paar Orangen, einen Apfel und ein paar Weintrauben, dann aber, in einem gewagten Ausbruch von Leichtsinn, kaufte er einen mit einer klebrigen Substanz gefüllten Schokoladenriegel, den er sorgfältig kauend verputzte. Der Gedanke an Miss Radcliff hatte ihn zu diesem unbesonnenen Schritt getrieben und erfüllte ihn mit neuem Mut. Der Wildbach der Liebe rauschte in seinem Herzen. Aber ebenso der entsetzliche Fluß der Scheiße in seinen Eingeweiden, und auf halbem U-Bahn-Weg zu ihrer Wohnung ereilte ihn ein furchtbar stechender Schmerz im Leib, als drückte jemand mit eiserner Hand seine Därme, umklammerte sie mit dämonischer Faust, fest und fester. So was hatte er schon unzählige Male durchgemacht. Mitten in der Nacht war er schon oft aus dem Bett gesprungen und zum Badezimmer gesprintet, wo er bis zum Morgengrauen wie ein Sterbender hing, von Krämpfen geschüttelt, die ihn immer wieder *Bitte, nein!* schreien ließen. Der Fluß in seinem Innern wurde von dem kleinen Dämon fanatischer Werbekampagnen verschmutzt, der solange heiße Kackekugeln aus seinem Arsch abfeuerte, bis es zu bluten begann. Und jetzt, auf dem Weg zu IHREM Haus, in der U-Bahn, peinigte er ihn aufs neue, o nein, bitte, nein.

Er ging rasch durch die geöffneten Wagentüren und das Drehkreuz, wobei er seinen Schließmuskel unter größten Mühen zusammenkniff, denn in seinen Eingeweiden gingen ganze Kanonaden los, die ein genügend großes Quantum an Supergasen entwickelten, die, einmal losgelassen, ganz England und das Dritte Reich dazu zu vernichten vermocht hätten. Herr im Himmel, warum gerade ich? Warum muß ich so etwas ertragen? Er hastete die Treppe zur Straße hinauf. Ich muß unbedingt ein Klo finden. Ein glühender Fluß von Scheiße. Du kannst erlöst werden, wenn du nur ein Örtchen findest, ihn zu entlassen. Die Frauen werden sich dir zu Füßen werfen. Kein Klo in Sicht. Kein Restaurant in dieser Gegend, keine Tankstelle. Drugstores haben keine Scheißhäuser. Für $ 3,95 werde ich Ihnen bei vollem Rückgaberecht ein Buch zuschicken, das Sie zu einem Supermann machen wird, zu einem Titanen, einem Giganten unter den Männern, muß ein Klo finden, hätte für 'n paar Cents eins im U-Bahnhof benutzen können, aber es stinkt da so entsetzlich, und unter Umständen wäre ich angequatscht worden. Dämlicher Stolz. Schlucks runter. Ohne Umwege zu Miss Radcliff. Sie ist deine Sekretärin und versteht dich. Stellen Sie keine Fragen, Miss Radcliff, ich muß unbedingt ins Bad. Oft genug hat sie mich den

Gang zwischen den Büros mehr laufen als gehen sehen, die Arschbacken fest zusammengekniffen. Ein großartiges Mädchen, eine perfekte Frau, der einzige glühende Fluß. $ 3.95. Schreckliche Schmerzen im Arsch.

Und wie er so dahinging, selbst in seiner Misere fühlte er, daß er mit der Lösung seines Problems in ihrem Bad eine seiner törichten Hemmungen überwinden würde, wie etwa nicht urinieren zu können, wenn jemand in der Nähe war. Häufig stand er in einem öffentlichen Pissoir, versteinert, unfähig, seinen Urin zu aktivieren. Er blickte dann an die Decke und pfiff nonchalant vor sich hin, als pisse er fässerweise wie ein richtiger Pisse- und Essig-Amerikaner, aber das Pipi in seinem Pisser war blockiert wie der Eingang zur Grabkammer der Pharaonen. Die verworrenen Wege der Seele. Geheimnisse werden enträtselt. Nur $ 3.95. Noch heute in den Kasten werfen.

Ich werde geradewegs zu ihr gehen. Ein lieblicher Abend für explodierendes Gedärm. Diese Straße rauf, schnell gehen, nicht zu schnell, darf keine Aufmerksamkeit auf mich lenken und von einem Polizisten für zeitraubende Fragen aufgehalten werden. Die kleinste Verzögerung, und es wird Schwierigkeiten geben, Freund, böse Schwierigkeiten.

So reizlos sie auch war, die Verehrung der schönen Göttin gab ihr innerliche Schönheit, und alsbald begann dieses Gefühl von Schönheit sich auch äußerlich zu manifestieren. Unsere wartende Dame nahm diese Verwandlung wahr, als würde ihr ganzer Körper neu geboren. Dies ist das sanfte und feinfühlige Eindringen eines göttlichen Wesens, ihr Damen von Athen. Die äußere Erscheinung des Mädchens begann sich zu verändern! Ihre mageren Hüften setzten etwas an, ihr Busen erblühte, ihre Wangen bekamen Farbe, sogar ihr Haar verlor seine krause Widerspenstigkeit, als hätte eine zarte Welle der geheimen Kräfte ihr Energiefeld verändert und die Bewegung ihres Haarflusses in wunderschönen Linien neu gestaltet. Sie wurde zu einer Sirene.

Mit fiebriger Hast läutete er ihre Glocke in der Halle des Apartmenthauses. Ein Sturzbach von Kötteln wartet in deinem Hausflur, bitte, drück den Summer und laß mich rein, und ich mache dich zum König der Rennbahn!

BZZZZZZZZZZZZ. Er drückte gegen die Tür, deren Schloß sich dem elektrischen Impuls ihrer Fingerspitze, drei Stockwerke höher, beugte. Den Fahrstuhl? Nein, zu riskant. Könnte zwischen zwei Etagen steckenbleiben. Wär 'ne Katastrophe.

Das Apartmenthaus war ihm fremd, aber er erklomm die Treppen mit einer aus Verzweiflung erwachsenden Vertrautheit. Ein glühender Fluß von teppichbelegten Stufen zum BADEZIMMER IHRER TRÄUME! Die Eingeweide richten sich auf, erzeugen Überdruck im Unterleib, produzieren gefährliche Wellen von Beinahefürzen. Muß das Arschloch unter Kontrolle halten. Todesmutig stieg er die Treppe hinauf, resolut schob er einen Daumen fest in den Schritt seiner Hose und preßte ihn wie einen Korken in seinen brennenden, zuckenden Schließmuskel.

Ich bin schön, dachte sie voller Verwunderung und betrachtete sich im Spiegel der Tempelpriesterin. Wie konnte das geschehen, fragte sie sich. Nach all den Jahren reizlosen Unglücks war sie jetzt unbestreitbar schön. Jetzt würde sie sich einen Fremden angeln können, jeden Fremden, den sie wollte. Doch sie blieb im Tempel und wurde Priesterin. Sie zeigte jungen Mädchen, wie sie ihr wahres Bild finden konnten, ein Bild, das naturgemäß schön, aber von Schmerz und Zweifel verdeckt wird.

Der Flur der dritten Etage präsentierte sich als eine teuflische Falle von sich verzweigenden Gängen. Den Finger noch immer gegen sein glühendes Arschloch gepreßt, nahm er die falsche Abzweigung und ging entgegengesetzt zum Apartment Nummer sechzehn, ihrem Apartment; ging den ganzen Gang bis ans andere Ende hinunter, bis er seinen Irrtum schließlich erkannte.

Hilfe. Mami. Papi. Warum? Werfen Sie die beigefügte Bestellkarte unfrankiert in den nächsten Briefkasten, und Sie werden gegen psychologische Kriegführung versichert sein, die Ihnen in grausamer Weise von DENEN, DIE SIE HASSEN, aufgezwungen wird. Ich bin sicher, daß Sie eine solche Person, die Sie intensiv haßt, kennen. Erlernen Sie die KUNST DES TELEPATHISCHEN JUDO! Öffne mir, schnell, bitte, eine Toilette. Ich zahle jeden Preis. $ 3.95. Sie bestimmen ihn, es gehört Ihnen. Sie brauchen nur mit aller Macht an das zu denken, was Sie wirklich wollen, und mein verblüffendes PSYCHOKRAFTPACK wird's hervorbringen, eine Toilette, bitte, holen Sie es raus, wo ist ihr Apartment. Dort … dort entlang … vierzehn… fünfzehn … sechzehn.

Er drückte den Klingelknopf. Er hörte durch seine Agonie hindurch, wie ihre Schritte sich näherten. Er sah ihr ganzes gemeinsames Leben vor sich, ein glühender Strom von Zärtlichkeit, ohne Preis, voller Freuden. Beeil dich zu öffnen. Vergeude keine Zeit, keinen einzigen Augenblick, bitte, die Schmerzen, der A-Bombenfurz.

«Hallo, Jim», sagte sie, als sie die Tür öffnete.

Er nahm seinen Daumen vom Arsch und schiß sich auf ihrer Türschwelle in die Hose; eine donnernde Salve flüssiger, furzgeladener Kacke, unkontrollierbar, abscheulich, die Beine hinabfließend, furchtbar stinkend, nun laßt mich bitte sterben.

«Ich habe mir gerade in die Hose geschissen», sagte er, so ruhig er konnte, «darf ich bitte Ihr Badezimmer benutzen?»

9

Unsere Göttin, ihr Damen von Athen, zu deren Ehre wir uns heute abend hier eingefunden haben, ist beides, die Göttin der Fruchtbarkeit und die Hüterin der gesellschaftlichen Ordnung, vor allem der Institution Ehe, die sie nicht verhöhnt wissen will. Laßt zu, daß ich es mir erst einmal bequem mache und mein Gewand ablege, und nun werde ich euch erzählen, wie sieben ruhmreiche persische Soldaten den Zorn Demeters zu spüren bekamen.

Persien hatte Mazedonien in der Schlacht besiegt: Persische Abgesandte kamen, um Erde und Wasser als Gaben der Mazedonier entgegenzunehmen, die alles für ein prachtvolles Bankett bereitet hattet. Man hoffte, daß großzügige Gastfreundschaft die Schikanen, die die Mazedonier von den Persern zu erwarten hatten, lindern würden. Jene aber nahmen Anstoß daran, daß beim Bankett keine Frauen zugegen waren, und taten ihr Mißfallen kund. In Mazedonien ist es nicht üblich, daß Frauen mit Männern am Tisch sitzen, doch es wurde eine Ausnahme gemacht, und man holte die Frauen aus ihren Privatgemächern herbei.

Die Profitunte von Pothole, Pennsylvania, verließ ihr möbliertes Zimmer und schlenderte die paar Blocks zu ihrem Revier ins Schwarzenviertel der Stadt. Man konnte ihn jede Nacht dort finden – eine Schwuchtel in mittleren Jahren, mit silbrigen Löckchen aus dem Schönheitssalon, mit Lippen rot wie Neon. Man nannte ihn Mister Sam.

«Wie geht's, Mister Sam?» fragte der schwarze Krämer und trat aus seinem Laden in die heiße Sommernacht.

«Gut, sehr gut», sagte Mister Sam und lächelte dem Schwarzen zu. Pothole war Mister Sams Stadt, und er war ihr Spezialist im Blasen. Es gefiel ihm, die Lokalgröße zu sein. Irgendwer kam auch immer vorbei, irgendwelche neugierigen Jungs, die mal eine richtige Schwuchtel sehen wollten, und wenn sie kamen, um zu sehen, konnten sie auch in seinen Mund kommen; so wenigstens sah es Mister Sam. Er hatte mit jungen Männern wundervolle Augenblicke erlebt, zu zahlreich, um sie zählen zu können. Manchmal sah er ihre Fotos auf den Sportseiten oder später in den Klatschspalten zusammen mit ihren Verlobten, und dann lächelte er. Prima, Jungs, Jungs, denen er in dunklen Seitenstraßen einen geblasen hatte. So war das Leben schön; es hatte ihm viele Geschenke beschert. Sich selbst betrachtete er als Lehrer – als einen sanften alten Praktiker in der Kunst des Blasens. Er war's, der aus ihnen Männer machte. *«So»*, hatte er oft gesagt, wenn er seinen Kopf aus dem zuckenden Schoß eines Jungen hob, *«jetzt bist du ein Mann.»*

«Es ist sehr gut, liebe Mazedonier, eure Frauen zu sehen», sagte der persische Hauptmann, «aber warum müssen wir getrennt von ihnen sitzen? Wir sitzen hier mit vollen Bäuchen und den Gläsern voller Wein, und sie sitzen da drüben, wie Hennen durch einen Zaun von uns getrennt. Sicherlich können wir uns gesellig zueinander setzen und uns vereinen, wie unsere Länder sich in Zukunft miteinander vereinen werden.» Sein Auge ruhte dabei auf einer außergewöhnlich schönen Frau mit goldenem Haar und üppigen Brüsten. Dem Anführer der Mazedonier gefiel es gar nicht, zuschauen zu müssen, wie seine Frau und die Frauen seiner Söhne und Brüder und Landsleute mit den Persern verkehrten. Aber dergestalt ist die Unterwürfigkeit, die sich im Herzen eines besiegten Mannes nährt, daß er sich ohne Selbstachtung fügte und seiner Frau erlaubte, sich neben einem finsteren dunkelhäutigen Perser niederzulassen, der ihr sogleich an die Brust faßte.

Ein funkelndes Automobil mit mehreren Jungen darin kam langsam vorbei, und Mister Sam sah sie kokett an. Ja, es wurde Zeit. Sie hatten ein paar Stunden lang getrunken und waren jetzt auf weitere Erlebnisse aus. Aber sie fuhren vorüber, ohne anzuhalten. «Die kommen wieder», sagte er, spitzte die Lippen und küßte die Nacht. «Sie kurven immer erst ein bißchen rum.»

«Sie müssen langsam kommen», sagte der Krämer und rieb sich den Rücken am Türrahmen.

«Eure Zehen, Madame, sind kostbare kleine Stücke Elfenbein, wie man sie bei keiner Perserin findet, auch nicht bei der größten Schönheit.» Der Hauptmann langte nach seinem Glas und berührte ihre Zehen. Sie hatte Angst, und das genoß er, denn er war sich jener Schwäche bewußt, der wir Frauen bekanntlich zum Opfer fallen – wir werden bei jedem Mann schwach, ganz gleich bei welchem, wenn er nur hartnäckig genug vorgeht. Er mag vulgär sein, ein ungestalter Wicht, ein unverschämter Sklave, ein mächtiger Barbar, dessen Atem nach üblen Speisen und üblen Taten stinkt, aber irgend etwas in unserer Natur steht jenseits solcher Unterscheidungen. Irgend etwas regt sich, ungeachtet wie launisch, gefährlich oder abscheulich der Rufende unserem Bewußtsein erscheinen mag. Und weil die Schlange uns so leicht reizen kann, hielt Demeter es für angebracht, uns zu beschützen.

«Euer Hals, Madame, ist so weiß und weich wie der eines Schwans», sagte der Hauptmann, indem er ihren Hals streichelte.

Mister Sams Haar glitzerte im Licht der Neonreklame, mit einem Haarfestiger gesprayt, der seinen Locken Sitz verlieh, wie bei einer griechischen Statue. Ansonsten hatte sein Körper herzlich wenig mit dem griechischen Schönheitsideal zu tun; er hatte schmale Schultern, einen schmächtigen Brustkorb und einen Spitzbauch. Außer auf Frisur und Lippen legte er keinen Wert auf sein Äußeres. Denn das war die Schleckerei, die die Jungs wollten.

«Da sind sie wieder», sagte der Krämer.

«So sind Jungs halt», sagte Mister Sam.

«Euer ganzer Körper fesselt mich», sagte der persische Hauptmann und streichelte mit ungestümer Hand ihre Oberschenkel, direkt vor den Augen ihres Ehegemahls. Soll er nur zusehen, dachte der Hauptmann. Auf diese Weise wird er gefügiger werden. Der Kampfhahn wurde in der Schlacht besiegt, und seine Sporen sind dahin. Wir können uns vergnügen und den Mazedoniern dann ihr kaltes, mit persischen Gewürzen gefülltes Fleisch zurückgeben. So groß war seine Verachtung, ihr Damen Athens, und, ach! die Frau des mazedonischen Anführers ging auf seine aufdringlichen und schändlichen Annäherungsversuche ein, obwohl sie dagegen hätte ankämpfen sollen. Vielleicht sind die Frauen Mazedoniens weniger stolz als wir Griechinnen. Ich kann mich des Gedankens allerdings nicht erwehren, daß sich alle Frauen so verhalten. Die Ehre ihres Ehemanns war nun bereits mit Füßen getreten; nun war die ihre an der Reihe, und dabei fühlte sie sich gar nicht so erniedrigt. Denn, wie ich bereits sagte, der weibliche Urtrieb ist stärker als jede Moral und regt sich ohne Rücksicht auf Schmach und Schande. Es wurde ihr warm ums Herz und feucht zwischen den Beinen.

Der Wagen stoppte mit kreischenden Reifen am Bordstein, genau vor Mister Sam.

«'n Abend, Jungs», sagte er. «Auf Spazierfahrt, wie ich sehe.»

Die Jungen lachten und besprachen sich leise miteinander. Der Krämer ging mit einem Kunden in den Laden. Mister Sam schlängelte sich an den Wagen und machte eine komische wiegende Bewegung mit den Hüften, als er sich an den Kotflügel lehnte. «Unter *dieser* Haube muß 'ne ganze Menge Kraft stekken», sagte er und hob die Augenbrauen.

«Willste 'ne kleine Fahrt mit uns machen?» fragte einer der Jungs.

«Okay», sagte Mister Sam, «wenn ihr nicht zu schnell fahrt.»

«Unser Erfolg in der Schlacht ist legendär», sagte der persische Hauptmann. Dann ihr ins Ohr: «Hörtet Ihr auch von unseren überlegenen Bettwaffen, Madame? So ungestüm unsere Waffen im Felde sind, so ungestüm ist auch die Kraft unserer Schwänze», flüsterte er und beleidigte mit diesem gemeinen Wort ihre Ehre. Sie errötete und rückte zur Seite, er aber hielt sie am Handgelenk und zog sie dichter an sich. Seine Mitstreiter taten ebenso, und manche von ihnen erfreuten sich der Gegenwart von zwei, gar drei Frauen. Sie malten sich bereits eine Orgie aus, eine Siegesfeier mit den Siegern in Fleisch gebettet. Aber der Anführer der Mazedonier hegte einen Plan; hatte Demeter, unsere große Göttin, ihm in sein Ohr geflüstert?

«Auf welchen Verein steht ihr, Jungs?» fragte Mister Sam, als der Wagen die Hauptstraße entlangschoß und die kleine Stadt schnell hinter sich ließ.

«Hier, Mann», sagte einer der Jungs neben Mister Sam. «Lutsch meinen Schwanz.» Er öffnete seinen Hosenstall und zog einen schlaffen Riemen hervor.

«So, so ... ihr seid aber wirklich auf Abenteuer aus», sagte Mister Sam und blickte auf das müde Glied hinab.

«Lutsch'n mir, Mann», sagte der Junge, ergriff mit grober Hand Mister Sams Haarschopf und rammte seinen Kopf in den Schoß.

«Hört mal, Jungs», sagte Mister Sam, «wir müssen doch nicht gleich grob werden. Wir haben die ganze Nacht vor uns, und ich bin nicht schwer von Kapee.» Er schloß die Lippen um das geheiligte Objekt, das er in all seinen Größen und Formen verehrte. Fachkundig ließ er es rasch zu voller Größe wachsen, und während die Jungs lachten und fluchten, führte er es tief in seine Kehle, schloß geschickt seine Wangen drumrum und verbarg seine Zähne, ganz sanft, denn er wollte keine Panik auslösen. Nein, er wollte nichts als glücklich lutschen und in diesem geschwollenen Organ die steigende Erregung spüren. Ich bin ihr Führer. Ich führe sie über den Highway des Lebens.

«Gentlemen», sprach der Anführer der Mazedonier, «ich sehe, daß unsere Frauen euch gefallen, und das bereitet mir Freude. Denn wie kann sich ein Mann von den Reizen seiner Frau überzeugen, wenn er sie nicht den reizvollsten Akt mit einem anderen ausführen sieht? Erst dann kann er urteilen, erst dann kann er sie wirklich schätzen. Und so werdet ihr, liebe Ehrengäste, uns, was die Tüchtigkeit unserer Frauen angeht, aufklären, und das Vergnügen wird dabei ganz auf unserer Seite sein.» Der Mazedonier erhob sein Glas, nahm einen Schluck und fuhr fort: «Jedoch haben sie sich schon mehrere Stunden hier bei uns aufgehalten. Sie haben gegessen und ihre Finger sind klebrig, sie haben geschwitzt, ihre Leiber sollten gewaschen werden, nur ein kleines Bad, eine kurze Waschung, auf daß sie zu euch zurückkehren mögen, strahlend und parfümiert, damit ihr eurer Pflicht als Gäste genügen könnt, sie die ganze Nacht hindurch aufmerksam zu bedienen. Stimmt Ihr mit mir überein, Hauptmann?»

«Einverstanden», sagte der persische Hauptmann und versetzte seiner Dame einen Klaps aufs Hinterteil. «Geht und vergnügt Euch in Eurem Schaumbad, Madame, auf daß Ihr nur noch begieriger werdet aufs Gastgeschenk, das ich für Euch aufsparen werde.»

«Er bläst toll, was?»

«Ja, is 'n guter alter Schwanzlutscher», sagte der Mittelpunkt der Aufmerksamkeit und ließ auf einmal Mister Sams weiches Haar los, in das er sich nach seiner ungestümen Aufforderung unbewußt festgekrallt hatte.

Mister Sam leckte rauf und runter und rundherum, dann schloß er seine Lippen wieder um dieses köstliche heiße Eis am Stiel, sein bevorzugter Leckerbissen, der plötzlich zuckte und explodierte und in seinem Mund dahinschmolz.

«Trink, Mann!»

Da brauchte niemand lange zu bitten. Mister Sam erhielt fast all sein Protein auf diese Weise. Mit einem Lächeln schluckte er das exotische Gebräu.

Die mazedonischen Frauen zogen sich in ihre Privatgemächer zurück, und dort vollzog sich eine seltsame Wandlung. Eine Gruppe schöner bartloser mazedonischer Jünglinge war zusammengerufen worden. Es waren köstliche, elfengleiche Wesen, junge Männer, die fast Frauen waren. Nein, sie schienen von phantastischem Geschlecht jenseits des Weiblichen. Ich muß euch das nicht erläutern, ihr Damen. Ihr wißt, wie diese Kreaturen des Zwielichts mit ihrem übertrieben weiblichen Auftreten betören können, das gewandte Flirten einer Frau, das durch jenen Funken Männlichkeit, den diese mädchenhaften Knaben in sich tragen, noch heftiger wird.

Kichernd und vergnügt kleideten sie sich in die Gewänder, die die Frauen abgelegt hatten, und geschickter noch als jede Frau tuschten sie sich die Augen, verzierten sie die Augenlider, legten sie Schatten aus einem Hauch von Bernstein und Blau um ihren Blick. Kein Muskel verunstaltete diese Arme; sie waren weiß wie Elfenbein, sanft wie Milch. Aber trotz all ihrem Gekichere und Gefrotzle konnte man in ihren flammenden Augen eine furiose Verschlagenheit entdecken.

«Ich bin der nächste, Mann.»

Wieder ging Mister Sams Kopf runter, als der nächste

Schwanz ihn ansah. Alle Größen und Formen, ich liebe sie ohne Unterschied der Rasse, Farbe oder Konfession. Glücklich schloß er seinen Mund um die nächste Opfergabe.

«Sie sind zu euch zurückgekehrt, Männer von Persien. Unsere Frauen sind erfrischt und nach allem, was ich ihrem Flüstern entnehmen konnte, begierig, euch ihre Leidenschaft spüren zu lassen!»

Das Auto schoß durch die Nacht, und Mister Sam lutschte, was das Zeug hielt.

«Dann kommt her zu uns!» rief der persische Hauptmann trunken, denn in der Abwesenheit der Frauen war mehr Wein das einzige Vergnügen, und die persischen Offiziere hatten wüst weitergetrunken. Der Hauptmann sank lachend auf die Kissen zurück, und alles drehte sich in seinem Kopf. Seine Gastgeberin näherte sich ihm, viel schöner als er sich ihrer erinnern konnte, ihr Körper strahlend nach dem Bad, ihre Haut zweifellos aufgereizt vom brausenden Wasser. «Komm her, kleine Frau», sagte der Hauptmann, «und reibe dein Parfum in meinen Bart.»

«Du tust mir weh, junger Mann», sagte Mister Sam, als der Junge ihn festhielt, ihm den Arm auf den Rücken drehte. Das Auto roch nach Samen und Bier und Whiskey und Erbrochenem.

«Halt's Maul, verdammte Schwuchtel.»

«Hab ich euch nicht lieb behandelt? Hab ich euch nicht allen toll einen geblasen?»

«Schmeiß ihn aus dem verdammten Karren raus.»

«Bitte, Jungs! Laßt mich nicht hier draußen, is 'n langer Weg in die Stadt zurück. Ich zahl euch's Benzin, laßt mich nur an meine Brieftasche.» Mister Sam wand sich hin und her. Er hatte es früher schon mal erlebt. Man hatte ihn draußen auf irgendeiner dunklen, unbelebten Straße, mitten im Nirgendwo aussteigen lassen. Die jungen Bengel sind immer so launisch, wenn man ihnen einen geblasen hat.

«Ihr seid bereit, Madame?» fragte der Hauptmann und ließ seine Hand langsam den Oberschenkel der wunderschönen Kreatur neben ihm aufwärts gleiten; diese lächelte verschlagen, zog einen Dolch hervor und stieß ihn todbringend mitten in sein Lachen hinein. Die anderen behandelten ihre persischen Freier ebenso, das Blut ergoß sich in Strömen in den Bankettsaal. Sie standen in tiefem Schweigen über den leblosen Körpern.

Mister Sams Kopf hing zum Fenster hinaus, und der Nachtwind blies seine sorgsam gepflegte Frisur in Stücke, blies die Löckchen raus, machte seine Augen schmerzen und nahm ihm den Atem. «Jungs!» schrie er. «Jungs! Ich bin ... euer ... Freund!»

Plötzlich flog die Tür auf, und er war draußen in der Nacht, überschlug sich auf dem harten Pflaster und war tot.

10

Artremnesia war eine Frau, die nicht mit sich spotten ließ. Wenngleich eine Perserin, war sie so mächtig wie eine Göttin der See. Ja, ihr Damen, sie war eine Seefrau – Kapitän eines Kriegsschiffes des mächtigen Xerxes, und ihr stolzes Schiff segelte in der Flotte gegen die Griechen. Sie war eine Frau, die Männer in die Schlacht führte, und ihr gehörte das Ohr des großen Xerxes, der jedes ihrer Worte respektierte. In ihr brannte ein Feuer, wie das, welches am Fuße des Demeter-Altars entzündet wird, und dieses Feuer heißt Liebe, und ihr Liebhaber war der König von Kalyndien, ein Verbündeter, der in der Flotte des Xerxes fuhr. Das Gerücht ging um, daß Artremnesia und der König von Kalyndien miteinander im Streit lagen und daß, als man sich gemeinsam in die Schlacht gegen die Griechen begab, der Streit noch immer nicht geschlichtet war.

«Okay, Joyce», sagte Mr. Woodrow Jones zu seiner Frau, «ich hab die neue Dichtung am Fenster angebracht. Hier hast du eine Dose Holzkitt und einen kleinen Schraubenzieher. Tu ein wenig Kitt auf das Ende des Schraubenziehers und schmier ihn in die Nagellöcher der Dichtung. Das ist 'ne leichte, saubere Frauenarbeit.»

«Dankeschön, Liebling», sagte Mrs. Jones, nahm den Holzkitt und begann, die Löcher auszufüllen. Sie war es, die immer die kleinen Jobs im Haus verrichtete.

Die Gischt schäumte um den Schiffsbug, ihr Haar flatterte im Wind, ihr Blick war nach vorn auf die sich nähernde griechische Flotte gerichtet, mit der sie sich schon bald im Kampfe messen würden. Als sie zur Seite blickte, hinüber zum Schiff, das neben dein ihren dahinglitt, sah sie das Schiff des Königs von Kalyndien und den König selbst, wie er mit seinem goldenen Helm auf dem Deck auf und ab ging. Ihre Liebe war wild und leidenschaftlich gewesen, jetzt aber gab es diese Liebe nicht mehr, so dachte jedenfalls die Mannschaft. Denn Artremnesia war kurzangebunden mit ihnen, und jeder fürchtete ihren Zorn, der sich in ihr angestaut hatte, seit sie den Hellespont, wo der Streit mit dem König sich entfacht hatte, verlassen hatten.

«Okay, Joyce, ich bin mit den Regalen fürs Badezimmer fertig. Du kannst jetzt die Werkbank saubermachen.»

«Ja, Liebling», sagte Mrs. Jones und nahm Kehrblech und Besen zur Hand. Was für ein Durcheinander dieser Mann immer zurückläßt, Sägespäne, Leim, verbogene Nägel. Nun ja, ich bin froh, hinter ihm saubermachen zu können. Immerhin hat er alle schweren Jobs erledigt.

Die Schiffe beider Flotten näherten sich einander. Artremnesia hatte den Blick des Todes in ihren Augen. Einen ungestümeren Kapitän wird man in keiner Flotte finden, ihr Damen, als diese tapfere Frau, eiskalt in ihren Entscheidungen, betörend in ihrer Schönheit, eine Frau, um die nur ein König werben würde.

«Joyce, wenn du Lust hast, gibt es hier noch ein paar Winzigkeiten an den Fensterrahmen; das könntest du erledigen. Hier hast du einen kleinen Pinsel; die grobe Arbeit habe ich schon gemacht. Ich will meine Zeit lieber nicht damit vergeuden. Das ist genau das richtige für dich. Vielleicht werde ich jetzt mal den Wagen waschen.»

«Gewiß, Woodrow», sagte Mrs. Jones, nahm den kleinen Pinsel und besserte hier und da ein wenig aus.

Die salzige Luft strich über Atremnesias Lippen, und ein Schiff der Athener drehte sich vor ihr in Kampfposition. Die Krieger Athens konnte man ganz deutlich sehen, ihre Waffen blitzend, ihre Bärte schwarz, ihre Augen ruhig, so erwarteten sie den Kampf.

Von seinem Schiff aus beobachtete der König von Kalyndien die Frau, die als Kapitän ihr Schiff gegen die Athener manövrierte. Wie schön sie doch war und wie geschickt in der Schlacht. Und vielleicht bereute er seine grausamen Worte im Hafen von Hellespont. Mit jedem Augenblick konnte er ihr Gesicht deutlicher sehen, denn sie war von den Athenern abgedreht und hatte Richtung auf sein eigenes Schiff genommen. Jedermann an Bord des kalyndischen Schiffes war plötzlich in Betrachtung des wilden Schwanenschiffes erstarrt, das sich ihnen näherte, als wäre es völlig außer Kontrolle geraten. Und doch konnte man Artremnesia sehen, das blonde Haar hinter ihr herflatternd, den Arm in die Richtung ausgestreckt, die sie zu verfolgen wünschte.

«Mein König!» rief der kalyndische Kapitän. «Sie wird uns rammen!»

Prächtig kam Artremnesia daher, die letzten Strahlen der untergehenden Sonne hinter sich, die Wildheit des Meeres in ihren Augen. Der König von Kalyndien stand auf dem Deck seines Schiffes, das vergeblich versuchte, ihr auszuweichen. Dann blickte er direkt in ihre Augen und nickte langsam mit dem Kopf, bevor sie rammte und das Schiff in zwei Hälften schnitt.

«Joyce, würdest du bitte einen Moment aufhören mit Pfeifen? Ich überlege mir gerade angestrengt, wo ich die Etagere hier im Schuppen anbringen kann. Ich muß mich konzentrieren. Du weißt, das ist geistige Arbeit.»

Artremnesia blickte über die Schulter zurück; dort, wo sie das Schiff des Königs versenkt hatte, war jetzt nur noch die mahlende See, aus deren Fluten sich kein einziger Überlebender reckte.

11

Io, Tochter des König Inachus, begab sich mit einigen ihrer Zofen in den Hafen, wo ein phönizisches Schiff festgemacht hatte und die sonderbarsten Gegenstände aus Asien zum Kauf anbot. Io war schön, und es war ein lieblicher Tag mit einer sanften Brise, die vom Meer her wehte. Sie spazierte am Ufer entlang, kaufte dieses und jenes, einen prächtigen Gegenstand nach dem anderen, als ihr Blick auf eine noch prächtigere Gestalt fiel – die des phönizischen Kapitäns, der in Schweigen gehüllt an Deck seines Schiffes stand, den muskulösen Arm lässig nach vorn gestreckt, seine Hand lose über die Reling hängend. Er schien so weit von ihr entfernt wie Asien selbst, seine Augen schweiften über die Hügel jenseits des Ufers, und sie wünschte, ihrer Natur entsprechend, daß sie auf ihre liebliche Figur fielen, denn verkörperte sie nicht die ganze Schönheit dieses Landes?

Ihr kleines Gemach im hinteren Teil des Buchladens an der 42. Straße war eine Traumwelt der Lust, wo sie der Welt ihre großen Brüste zeigte. Drall reicht gar nicht aus, um die monumentale Größe ihrer Titten zu beschreiben, die durch die Tatsache, daß sie barfuß nur 1,60 Meter maß, noch enormer wirkten. Sie kleidete sich in der Garderobe aus und ging wie eine große Schauspielerin, die sie tatsächlich war, in den Raum mit den Fenstern und der rotierenden Plattform. Sie kam aus einer anständigen, gutbürgerlichen amerikanischen Kleinstadtfamilie; sie hob ein Bein auf die Plattform und hörte, wie die durch Münzeinwurf betätigten Vorhänge der Fenster aufrollten. Sofort wurde ihr anständiges, gutbürgerliches, kleinstädtisches Loch feucht. Wie sehr liebte sie es, wenn man ihre Titten bewunderte.

Er war mit Schätzen übers Meer gekommen, und jetzt sah er einen Schatz, den er wohl mit sich nehmen mochte. Die blonde Io hatte endlich die Aufmerksamkeit des Kapitäns gewonnen, indem sie ein goldenes Ei aus Persien emporhob und sich mit ihren Zofen mit lauter Stimme darüber ausließ, wobei sie ihren Körper so drehte, daß die Sonnenstrahlen von jenseits der Hügel durch ihr dünnes Gewand fielen und die Wölbungen ihrer Brüste für ihn deutlich sichtbar machten.

«Es gibt noch seltsamere Gegenstände an Bord», sagte der Kapitän leise, doch seine Stimme gelangte ans Ohr des äußerst aufmerksamen Mädchens. Ach, ihr Damen von Athen, so geht es – sie muß ihn aus dem Schlaf, aus seinen Träumen wecken und ihn Schönheit lehren. Aber jetzt war er wach geworden, und er sandte seinen Schiffsjungen hinab, um sie und ihre Gespielinnen an Bord zu geleiten.

Ihre Titten waren wahrscheinlich die größten, die jemals an der 42. Straße gezeigt wurden. Sie strahlten für sie selbst, wie für die Männer hinter den dunklen Fenstern, eine große Faszination aus. Wozu hatte man solche riesigen Brummer, wenn nicht, um sie auf diese Weise zur Schau zu stellen? Nackt auf der langsam rotierenden Plattform sitzend, war sie ganz sie selbst. Jede Frau möchte das tun. Sie drehte sich zur Seite, einen Ellbogen auf die Plattform, den Kopf in eine Hand gestützt. Unsere Titten zeigen. Ich zeige meine Titten. Guckt, ihr ausgehungerten Wichser, und laßt eure Riemen baumeln. Alle haben sie ihre Schwengel zu meinen Ehren rausgeholt. Jenseits der Fenster, die unzählige Reflexionen ihres weißen Körpers zurückwarfen, hoben sich die Schwänze. Sie drehte sich auf den Rükken, blickte an die Decke und leckte sich mit der Zunge über die Lippen. Langsam hob sie ein Bein und streckte es in die Luft wie eine Tänzerin. Einer dieser Typen hat jetzt einen Vierteldollar-Blick mitten in meine Muschi. Vielleicht kann er sogar sehen, wie feucht sie ist. Ich liebe es, Mommy und Daddy, das liebe ich. Und sie senkte das rechte Bein und hob das linke, wobei sie ihre Zehen hin und her bewegte.

«Genau vor dir», sagte der phönizische Kapitän, «ist meine Kabine. Und dort bewahre ich meinen wertvollsten Schatz auf.»

Irgendwie hatte sie ihre Gespielinnen aus den Augen verloren, zweifellos an die Locken und Blicke der Seeleute, und sie war für den Kapitän bestimmt. Die Tür zur Kabine öffnete sich. Ihr Herz schlug wie rasend. Jetzt, da sie ihr kleines Ei erstanden hatte, hatte sie genug. Sein Flirten war alles, was sie wollte, nichts weiter als einen frivolen Spaziergang am Strand. Aber sie hatte nicht mit dem Lockruf gerechnet, den die Seeleute von den Sirenen auf den Klippen lernen. Plötzlich befand sie sich in seiner hölzernen Kammer über dem Wasser und sah die heimatlichen Hügel durch ein kleines rundes Fenster. «Was für Welten dieses Fenster wohl gesehen hat», sagte sie und versuchte, so ruhig zu sein wie der Ozean unter ihr.

«Nichts so Betörendes wie dich, Mädchen mit dem goldenen Ei», sagte er.

«Du bist in deinen Worten wohlgeübt.»

«Nur für dich.» Er berührte ihr Haar und wickelte es sacht um seinen Finger.

Sie berührte sich selbst, ließ ihre Hand schön langsam den Oberschenkel hinaufgleiten, bis sie ihren Biber erreichte, und strich sacht darüber hin, wobei sie mit den Fingern die Haare teilte. Die Vorhänge schlossen und öffneten sich, einer nach dem andern. Es war ein vertrautes, ihr angenehmes Geräusch. Tausendmal besser, als im Kaufhaus zu jobben. Sie lag im warmen Licht auf dem persischen Teppich und sah zu, wie die Dekke sich drehte. Ihre Hände wanderten über den weichen Bauch zu ihren Supertitten. Sie drückte und liebkoste sie. Sie war die beste Show auf der 42. Straße; sogar der Manager kam manchmal in eine der Zellen und begaffte sie. Sie ging in ihrer Arbeit völlig auf und kannte die ganze Skala autoerotischer Körperbewegungen. Sie rollte sich herum auf den Bauch und drückte sich auf den warmen Teppich, wobei ihr ganzer Körper lustvoll erschauerte.

Ich bin heiß, so heiß, dachte sie und hob ihr süßes Hinterteil von der Plattform und, indem sie es langsam im Kreis bewegte, bot sie den Boys einen guten Blick von hinten auf ihren Biber. Ihren süßen kleinen Biber mit seinem langen Schlitz und der Klitonase. Das habt ihr gern, Boys, oder? Ihr würdet gern an ihm rumlutschen, wenn ich euch dranließe. Aber es ist so schön hier drinnen, so ganz allein, als wäre ich im Fernsehen. Die Augen springen ihnen aus den Höhlen; sie sind bereits in ihre Taschentücher gekommen. Manchmal geben sie Laute von sich, stöhnende und grunzende Laute. Sollen sie lechzen. Ein Typ kommt und leckt die Fensterscheibe. Ich bin's, die sie lieben, nicht ihre Frauen oder Freundinnen. Sie gehen nach Hause und ficken ihre Frauen, und ich bin es, an die sie abspritzen. Sie sehen, wie meine großen Titten tanzen und meine süßen Zehen. Ich bin so schön. Ich bin das Schönste, was Echo Lake, New Jersey, jemals hervorbrachte. Keine der Studentinnen-Verbindungen wollte mich aufnehmen, weil ich die größten Titten hatte. Aber wer wurde als aussichtsreichste Anwärterin fürs Showbusiness gewählt? Ich, Edwina Sutlock; und die Männer beten mich an.

Sie hörte, wie jemand an die Glasscheibe klopfte. Sie blickte auf und sah ihn mit runtergelassener Hose auf einem Stuhl stehend, seinen prächtigen Ständer ans Glas gedrückt. Ich verstehe. Er möchte, daß ich's sehe. Sie lächelte und warf ihm einen Kuß zu, und wie sie es erwartet hatte, spritzte er in der nächsten Sekunde über die Scheibe. Er hatte es für sie aufgehoben, und jetzt verschwand er wieder im Dunkel, und sie beobachtete, wie das Sperma langsam am Fenster herabtropfte, seine Opfergabe an ihren Tempel. Sie hoffte, daß er es genossen hatte, hoffte, er würde jetzt nach Hause gehen und mit seinem dummen alten Weib eine gute Nummer schieben.

Die Hände des Kapitäns lagen jetzt auf ihr, und sie wehrte sich einen Augenblick lang, gab aber schnell nach. Wir sind so schwach, ihr Damen von Athen, was das angeht, während wir sonst so stark sind. Das Gefühl von seinem Glied an ihren jungen Schenkeln war überwältigend. Sie schloß die Augen, sein Schiff segelte in ihr Herz, sie weinte sogar ein bißchen, wie sie da nackt auf seiner Pritsche vor Erregung zitterte. Aber er erwärmte sie schon schnell mit diesem exquisitesten aller Schätze, die nicht nur in Asien, sondern auch in unserem Land, ja überall gemacht werden, jenem Kunstobjekt, von der Göttin selbst für höchsten Genuß gestaltet.

Sie stand, schüttelte ihre Titten ein wenig. Wie sehr liebte sie es, sie zu fühlen. Sie waren immer die beste Überraschung. Wenn sie morgens aufwachte, waren sie da, wie ein Wunder. Sie beugte die Beine, stellte sich auf die Zehenspitzen und ließ ihren Venushügel kreisen. Ich bin ein kleines Wunder. Sie kriechen aus Löchern in der Wand, um mich zu sehen. Ich wünschte, es gäbe eine Toilette in diesem Raum, dann könnten sie mich scheißen sehen. Mutter bestand immer darauf, daß ich die Badtür offenließ, wenn ich mal mußte. Sie wollte kontrollieren, daß ich nichts Schmutziges mit mir selbst machte. Und jetzt bin ich hier, Mama, deine Tochter macht schön langsam Stinkefingerchen für alle Freaks der Stadt.

Gäbe es eine Toilette, könnte ich meinen Abendschiß für sie aufheben. Ich würde mich ganz langsam abwischen. Ich würde mich drehen, so daß sie alle sehen könnten, wie ich mir den Hintern putze. Alles – ich will, daß sie alles kriegen, was ich ihnen geben kann. Man sollte auch eine Dusche einbauen, dann könnten sie zusehen, wie ich meine süßen Titten wasche, wie ich sie einseife, wie ich mein Loch einseife, wie ich's ganz mit Seife vollschmiere, meinen Finger reinstecke und es hübsch saubermache.

An dieser Stelle hob die vornehme Athenerin ihren Rock, und indem sie ihn knapp über die Oberschenkel spannte, zeigte sie ganz ungeniert ihren runden, von kohleschwarzem Haar bedeckten Hügel. Es ist eine Armengeldbörse, sagte sie, bis der Goldbarren hineingeschoben wird. Sie blickte neckisch auf die schwarze Börse, als versuche sie, das tiefste Geheimnis Demeters zu ergründen, das Geheimnis weicher Lippen, die von süßer Ewigkeit singen, vom Urgeheimnis, das die Göttin vor ewigen Zeiten auf immer besiegelt hatte. Sie lachte und zog sich vollends aus, wie es in ihrer Fabel die entführte Jo getan hatte.

Nirgends bin ich so gern wie in diesem Raum, wo ich mich selbst scharfmachen kann. Sie rollte sich auf der Plattform wie ein Fetus zusammen, die Hände zwischen den Beinen gefaltet. Sie massierte ihre Beine, preßte die Finger in ihre Muschi, in die weichen, feuchten Falten. Langsam streckte sie die Beine wieder aus, und indem sie sie breitmachte, begann sie ihre Klitoris zu kitzeln, ganz sacht, so, wie sie es am liebsten hatte, wie niemand sonst es konnte, hörte genau im richtigen Augenblick auf und begann von neuem.

Sie rieb die Hände in ihrem krausen Biber, während die Vorhänge aufgingen und sich schlossen. Sie waren jetzt alle voll dabei und bearbeiteten wie sie ihr Fleisch. Laßt uns alle gemeinsam kommen. Boys. Oh, ich liebe die Wärme des Lichts, was könnte ich sonst schon tun, mit meinen Titten, meinem Biber, meinem Leben? Ich will jetzt nur noch eine, Honey, ich will jetzt kommen. Sie erhob sich, hielt ihre Pussy fest umfaßt, schüttelte ihre Brüste und sank dann langsam wieder auf die Plattform, schob ihren Finger rein und raus und legte den Daumen auf ihre Klit. Im Bad dann bei weit geöffneter Tür und unter aller Blicke stieß sie einen tiefen Seufzer aus und streckte ihre Beine weit von sich, ganz weit, und kam, kam in einer gleißenden Woge über die ganze 42. Straße, wieder und wieder, und die Schwänze standen Spalier.

Io fühlte, wie die Welt sich wiegte; konnte es sein, daß er ein solch kraftvoller Liebhaber war, daß ihr ganzer Körper so heftig hin und her geworfen wurde? Das Schiff befand sich auf See, ihr Damen, Io war entführt worden. Eine Schatzsucherin, auf der Jagd nach einem goldenen Ei. Sie sprang nackt auf – ihre Scham war überwunden –, und sie sah durch das runde Fenster, wie die heimatlichen Hügel auf immer in der Ferne verschwanden.

Man sagt, daß sie eigentlich gar nicht unglücklich war, denn hinter ihr stand der Kapitän mit einem stillen Befehl, dem sie verspielt gehorcht hatte. Dummes Kind! Und so brach wegen einer Kinderlaune der Große Krieg aus.

König Inachus schwor, daß seine Tochter gegen ihren Willen entführt worden war, was zweifellos stimmte. Aber ich frage euch, ihr Damen, wird jemals eine Frau völlig gegen ihren Willen genommen?

12

Der große Plutarch hat von der lieblichen Witwe Ismenodora berichtet, die in den wunderschönen Knaben Bacchon verliebt war. Sie war wohlhabend, er nur ein Kadett der Palestra, wo er, nachdem er nackt mit den anderen Knaben herumgetollt hatte, viele Bewunderer gewonnen hatte. Diese jungen Männer, und nicht wenige alte Männer, verehrten Bacchons Schönheit und wollten ihn nackt in ihrer Mitte sehen. Aber wir kennen die Stärke einer Frau, deren Verlangen erwacht ist. Ismenodora begehrte den Jüngling und meinte, daß ihre Brüste, ihre Schenkel, ihre ausgereifte Schönheit den Muskeln der Knaben im Gymnasium, mit denen Bacchon täglich spielte, überlegen waren.

Wachtmeister Slug ging in seine Garderobe und legte Lidschatten, Mascara und Nylonstrümpfe bereit.

Bacchons Männlichkeit stand außer Zweifel. Ismenodora wußte, daß er, einmal in ihren Armen, die wahre Natur der Frau entdecken und seine eigene Natur erwachen würde, ausgewachsen und bereit. Der Gedanke daran füllte ihre Nacht mit einsamem Feuchtwerden, denn sie hatte Bacchon im Stadion beobachtet, hatte die unerprobte Männlichkeit gesehen, kräftig und zum Pflücken reif – aber behindert von den Gliedmaßen eines Knaben. Spät im Dunkeln seufzte sie und wünschte sich, ein Mann zu sein, um beim Sport der Palestra teilnehmen und den Geliebten berühren zu können. Aber dann, als sie den eigenen Busen und ihre schwellende Scham berührte, wurde sie ruhig und wußte, daß sie noch immer über die größeren Kräfte verfügte, wenn sie es nur geschickt genug anstellte.

«Wachtmeister Slug, sind Sie dienstbereit?» fragte der Captain der Sittenpolizei. «Haben Sie Gummiknüppel und Brieftasche? Ich muß schon sagen, Sie sehen großartig aus heut nacht.»

«Danke, Cap.» Und jetzt verlasse ich die Wache und geh mit

meinen hohen Absätzen auf Streife und schnapp mir irgend so einen gottverdammten Hurensohn von einem Junkie-Taschendieb. Titten. Perücke. Lippenstift. Irgendwie ein tolles Gefühl, wie die Nylonstrümpfe sich beim Gehen aneinanderreiben. Wenn ich nicht aufpaß, krieg ich davon noch einen hoch. Aber mein Riemen ist festgeschnallt, und unter meiner nach europäischem Stil unrasierten Achselhöhle steckt ein 45er Revolver. Hab 'ne Spur Parfum hinter die Ohren gerieben, nicht zu stark, gerad so 'ne Spur von *Ma Griffe*. Was für 'ne wunderschöne Nacht, 'nen Perversen zu schnappen und ihm eins in die Fresse zu schlagen. Seht mein Spiegelbild an, da in der Schaufensterscheibe – sexy? Mann, ich bin 'ne heiße Puppe, wattierte Titten und 'n falscher BH mit Gumminippeln. Irgend so 'ne Nille wird heute nacht 'ne Überraschung erleben. Herr Bürgermeister, Wachtmeister Slug ist im Dienst!

Ismenodora schritt in der fast völligen Dunkelheit des Neumonds auf und ab. Sie hatte Bacchon diesen Nachmittag gesehen, wie er in Gesellschaft der anderen Knaben an ihrem Haus vorüberkam, und seine Schönheit hatte gefunkelt wie das Schwert der Liebe, das die Herzen seiner Begleiter durchbohrt. Bacchon, mein Liebling, mein Süßer, flüsterte sie aus dem Fenster hinaus der Nacht zu. Die Zeit der Trauer war vorüber; ihr Ehegemahl war in der Schlacht gefallen und hatte sie in Reichtum und Freiheit zurückgelassen. Dieser so schwer einzufangende Knabe hatte die Lust in ihr wieder geweckt. Es wäre töricht, ihn langsam und allmählich verführen zu wollen, indem ich mich mal hier, mal dort zeige, wo er vorübergeht. Seine Wächter sind zu schlau, sie überhäufen ihn mit Schmeicheleien und Zuneigung und schirmen ihn ab von jener höchsten Wonne, die nur ein Frauenkörper in einem Mann erzeugen kann. Diese kleinen Teufel, diese geilen nackten Böcklein. Ich werde Gewalt anwenden müssen, um ihre Abschirmung zu durchbrechen und ihre Liebkosungen zu vereiteln. Oh, lieber Mond, wie kann ich ihn nur so verzücken, wie er mich verzückt hat?

Ja, heute nacht sehe ich göttlich aus, wie so 'ne Art Sophia Loren mit meinen glittergeschmückten Augenlidern. Bin froh, daß ich die dunkle Perücke genommen hab; bringt das Braun meiner Augen besser zur Geltung. Ich werd mir 'nen Taschendieb schnappen und ihm meinen Gummiknüppel so tief in den Arsch rammen, daß ihm die Augen rauspoppen.

Alles, was Ismenodora und Bacchon voneinander trennte waren die Knaben, und bei diesem Gedanken kam sie auf die einzig mögliche Lösung. Am frühen Morgen rief sie all ihre Dienerinnen und Diener zusammen und befahl ihnen, den ganzen Tag an der Pforte ihres Hauses Ausschau zu halten, während sie badete und vor sich hin summte und ihre gewagtesten Kleider ausprobierte. Der Tag war strahlend hell, sie aber hatte nur die Nacht vor Augen.

Drüben an der Ecke steht 'n Kerl und glotzt mich an. Werd 'n bißchen mit meinem Arsch wedeln. Vielleicht wird er versuchen, mir meine Brieftasche wegzunehmen. Wird 'ne gottverdammte Überraschung zwischen seinen Lichtern erleben. Komm her, du Riesenbaby, komm her und versuch mich zu belästigen.

Er geht in 'ne Bar. Hast Angst vor 'ner schönen Frau, mickriger Knirps. Na gut, ich marschier einfach weiter. Fühl mich ganz gut mit meinen hohen Absätzen. Letzte Woche bin ich darauf einem Taschendieb nachgerannt, hab ihn fünf Blocks lang gejagt und ihm dann in 'nem Hauseingang die Lichter ausgeblasen. Wachtmeister Slug kann keiner entwischen. Sie ist zu schnell.

Schnell sind die Läufer der Palestra und flink ihre Finger beim Austeilen scheuer Liebkosungen, aber sie waren nicht annähernd so flink wie Ismenodoras erfinderischer Geist. Sie glaubten den Preis fest in der Hand, und sie fürchteten keinen Rivalen, schon gar nicht außerhalb des Gymnasiums. Bacchon mußte ihre Freude sein, ihr Ruhm, und Arm in Arm gingen sie einher, nachdem die täglichen Übungen abgeschlossen waren, und erfreuten sich jener rauhen und doch so rührenden Zärtlichkeit, der Jugend Eigenliebe. Bacchon war ein Gott! Seine goldene Lockenkrone tanzte, als er seinen Kopf auf die Schulter eines anderen Knaben legte, mit einem Lächeln, das gleichzeitig ein flüchtiger Kuß war. Wir geben zu, ihr Damen Athens, es ist traurig, daß einander zugeneigte Jünglinge getrennt werden müssen. Aber unternähmen wir Frauen nichts, dann würden uns keine Helden geboren. Somit ist Ismenodoras Handlung gerechtfertigt, und als die sich geneigten Knaben an ihrem Tor vorbeikamen, stürzten ihre Diener hervor, und mit der Überraschung als Verbündete, zerrten sie Bacchon aus seiner Schar.

Wachtmeister Slug, du bist das bestaussehende Stückchen Arsch auf dem Broadway heut nacht. Da steht 'n heiß aussehender Zahn, drüben im Hauseingang, aber ich glaub, meine Titten sind größer. Was soll'n das, die kommt ja auf mich zu. Mann, was 'ne sexy Stimme.

«Du bist hinreißend heut nacht, meine Liebe.»

«Nee, finden Se wirklich?» Was soll das, was soll denn das, worauf will die Alte raus? Wär ich nicht in diesem Aufzug, würde ich sie mir vielleicht mal vornehmen, sie in 'nem Hauseingang mal kurz abspritzen. Aber ich bin im Dienst. Kann heute nacht nicht rumvögeln.

«Einfach toll. Warum kommste nich 'n bißchen mit. Ich weiß, wo 'ne geschmierte Party läuft, wo Mädchen wie wir 'n Mordsvergnügen haben können.»

«Tut mir leid, keine Zeit heut abend. Ich bin ...»

«Haste 'ne Verabredung?»

«Ja ... ja, genau; ich hab 'ne Verabredung.»

«Ich wette, der steht auf deine behaarten Eier.»

«WAS?»

«Oh, tu doch nicht so, Honey, wir sind doch vom selben Ufer. Dein Augen-Make-up is cool, aber du hast'n paar Oberschenkel wie 'n Rhinozeros.»

«Gibt Männer, die lieben ein muskulöses Kälbchen.» Ich muß diese verrückte Alte abwimmeln. Die is ja schizo. Ich muß mir 'nen Taschendieb finden und ihm die Lichter ausprügeln. Kann keine Zeit mehr verschwenden. «Ich muß weiter.»

«Hab man nicht so 'ne Eile. Ich sag dir, du stehst bestimmt auf diese Party. Hör zu, du hast 'n Paar Eier, und ich hab auch 'n Paar Eier, klar? Und ich hab 'n paar Freunde, alle so aufgeputzt wie wir, und wir könn dahingehn ...»

«AUF 'NE PERVERSENPARTY?»

«Ja, Baby, genau. Nur für Freaks.»

«Ich mein, verdammt noch mal, Sie denken wohl – ich wär so 'ne Art von gottverdammtem Perversen!»

«Was biste denn?»

«Ich bin … ich bin …»

«Du bist schwul, ich bin schwul, komm jetzt, laß uns 'n Taxi schnappen. TAXI!»

Vielleicht geh ich mit diesem Witzbold einfach mal mit. Könnte sein, daß ich 'n ganzes Nest von diesen perversen Vögeln zusammentreibe. Was 'n Fang für Wachtmeister Slug!

Der junge Bacchon wurde durch das eiserne Tor in Ismenodoras Hof geführt, und die Dienstmägde überschütteten ihn mit Blumen und Lorbeerzweigen, und eine von ihnen spielte Flöte, und Bacchon mußte lächeln, denn er wußte, daß ihm hier nichts Böses zustoßen würde.

«Nirgendwo auf der Welt», sagte Ismenodora zu ihrem Geliebten, «gibt es einen Jüngling, so schön wie dich, Bacchon.» Er wurde in ihr Weihrauch-geschwängertes Gemach geführt. Sie lag in einem äußerst gewagten weißen Gewand da, die Tür schloß sich hinter ihm, und er war mit ihr allein, bis auf den Klang der Flöte, der süß von irgendwo unterhalb des hohen, offenen Fensters emporstieg.

13

Perianders Gemahlin, ihr Damen von Athen, starb ziemlich unerwartet. Im Bann des Alptraums der Trauer, gestürzt in Einsamkeit, suchte er auf dem erkalteten Körper seiner geliebten Melissa Trost und Erleichterung. Ja, meine Lieben, er besamte die tote Lieblichkeit seiner Gemahlin. Eine grauenerregende Geschichte, dennoch eine Lieblingsgeschichte von Demeter. Fröstelt es diejenigen unter euch, die ihr Gewand abgelegt haben, bei dem Gedanken an den eiskalten Körper, auf den er sich legte? Meine Geschichte, ihr Damen, wird den klaren Beweis für die verborgene Gegenwärtigkeit der Seele erbringen. Ja, irgendwie fühlte Melissa die Schändung, denn im Tod, jenem unumgänglichen Status, ist ein Rest des Lebens enthalten. Der verblassende Regenbogen ist eine Spiegelung des Sonnenlichts, und Periander versuchte, den verbotenen Abgrund der Ewigkeit zu betreten, und legte sich auf sein lebloses Weib. Wie reglos der Geistermond stand!

«Spiel das Lied noch einmal. Ja, Honey?» sagte die betrunkene Blondine zum Klavierspieler in der Bar. Der Klavierspieler lächelte und spielte es noch einmal, und sie kam herüber und setzte sich dicht neben ihn auf seine Bank und stopfte ihm eine Zehn-Dollar-Note in die Tasche seines Jacketts. «George und ich würden dich gern zu einer kleinen Party einladen heute abend.» Sie wies mit einer Kopfbewegung auf einen kahlköpfigen Mann, der etwas weiter hinten an der Bar hockte. Sein Drink stand auf dem glänzenden Pianodeckel. Er lächelte und winkte betrunken mit den Fingern.

«Okay», sagte der Klavierspieler, «wenn ich die letzte Nummer gespielt habe.»

«Prima! Honey, wir werden einen Mordsspaß zusammen haben. Wenn du Geld magst, George hat genug. Hast du Geld gern?»

«O ja», sagte der Klavierspieler, «Geld hab ich gern.»

«Na, dann wirst du heut nacht was verdienen; wie wär's?»

«Wär toll.»

Das tat Periander, ihr Damen, und er mußte immer daran denken. Einer seiner Freunde fragte ihn nach einem bestimmten Gegenstand, den er ihm geliehen hatte. Periander suchte danach, konnte ihn aber nirgends finden. So begab er sich zum Orakel am Acheron-Fluß, wo völlig unerwartet der Geist seiner Frau erschien. Sie friere, sagte sie. Die Gewänder, die sie im Grab trage, hielten sie nicht warm.

Ich friere, sagte sie. *Ich brauche Kleider, warme Kleider.*

Zuerst vermutete Periander einen Dämon, der seinen Schabernack mit ihm trieb. Aber dann sagte der Geist einen merkwürdigen Satz, der seine Seele aufs tiefste erschütterte.

Du hast deinen Laib in einen kalten Ofen geschoben, sagte Melissas Geist.

Der Tempel des Orakels war von Schatten bevölkert, denn die Toten lieben solche Schatten. Sie stand in dem kalten steinernen Raum wie eine dünne Rauchfahne. *Ich friere und brauche warme Kleider. Du hast deinen Laib in einen kalten Ofen geschoben.*

«Du spielst irrsinnig gut», sagte George, als er, seine Freundin und der Klavierspieler in ein Taxi stiegen. Das Taxi jagte durch die verlassenen Straßen zur East Side von Manhattan, hinein in den Wald eleganter Wohntürme, an deren Pforten dienstergebenes Personal die ganze Nacht hindurch auf Spätheimkehrer oder einen gelegentlichen Einbrecher wartete, mit dem es unter einer Decke steckte.

«Er ist sehr begabt», sagte die Blondine und fuhr mit ihren Fingern durch das schwarze Kraushaar des Klavierspielers.

Der Klavierspieler saß betrunken, ungerührt da. Während der zehn Jahre, die er in New York City zum Cocktail aufgespielt hatte, hatte er alle möglichen Drinks probiert. Er hatte sie *alle* gekostet, dies hier schien aber ein besonderes Gebräu, denn es sah so aus, als habe die Blondine sich nur wegen Kleidern und Klunkern an George rangemacht. Könnte so was werden wie 'ne gute Pokerpartie, die man als Reicher verläßt. Na ja, ich werd mit

Geld habe er gern …

… sagte der Klavierspieler. Geld sei der ärgste Fluch der Menschen, sagte Sophokles.

Es gilt als Weiser, wer das Geld verachtet, nicht als Kluger. Aristoteles sah ein: «Auch jene, die auf das vollkommene Leben achten, suchen die Mittel für den körperlichen Genuß, und da mit dem Besitz auch die Möglichkeit, sich solchen zu verschaffen, augenscheinlich sich verbindet, so richtet sich ihr ganzes Dichten und Trachten auf den Vermögenserwerb.»

ihr pokern, werd sie bumsen, sie oder George oder, wenns sein muß, auch ihren Gummibaum. New York.

Der Schreck fuhr Periander bis in die Haarspitzen. Tote fühlen und hören; Tote sprechen, wenn man sie anspricht. Und wieder spürte er den toten Körper; noch als er auf die Straße hinausging, fühlte er die Berührung mit dem toten Fleisch, so kalt und nackt, die Blume, die in seinen Armen welkte. Wie schrecklich, dieses grausige Verbrechen auf dem Gewissen zu haben.

«Bring Melissa ein Opfer dar, um ihr Frieren zu lindern», sagte das Orakel.

Der Mond bahnte sich einen mühsamen Weg durch den nächtlichen Smog und erhellte Georges Penthouse. Sie standen eine Zeitlang im Halbdunkel, und der Klavierspieler fühlte eine Hand an seiner Hose, die sich zwischen seinen Beinen zu schaffen machte.

«So», sagte George und schaltete das Licht an, «das ist schon besser.» Eine rote, hinter Pflanzen verborgene Glühbirne ließ den Raum wie ein kaputtes Herz aussehen, schwach flackernd und seltsame Schatten unregelmäßiger Dschungelblätter an die Wand werfend.

«Hier ist die Bar», sagte George, rollte sie heraus und öffnete sie. George war ein gedrungener Mann mit einem runden Kopf, dicken Backen und sinnlichen Lippen. An den Wänden hingen viele Gemälde.

«Alle herhören!» Der Ausrufer von Korinth schlug seinen Gong. «Alle herhören!»

Die Bewohner der Stadt versammelten sich, die Frauen standen in Gruppen und flüsterten miteinander, die Männer warteten still und gespannt. Der Ausrufer hub an und verkündete eine Botschaft des Stadtvaters, von Periander, dem Anführer, Periander, dem großen Feldherrn.

«Alle Frauen», sagte der Ausrufer, «sollen sich nackt ausziehen. Und es muß unverzüglich geschehen.»

Die Aufregung war enorm. Ein paar junge Mädchen, die an diesem Tag keine Aufmerksamkeit auf sich gelenkt hatten, waren die ersten, die ihre Kleider abwarfen. Befehl ist Befehl; einer Proklamation von oben muß gehorcht werden. Es war geradezu eine Schande, weiterhin mit Kleidern am Leib herumzustehen. Andere Frauen wurden von den Soldaten gezwungen, sich auszuziehen, und schon bald türmten sich die Kleider auf einem Haufen mitten in der Stadt, während eine Frau nach der anderen nackt, mit ihrem Gewand auf dem Arm, daherkam. Doch die Menge befand sich nicht gerade in einer munteren Stimmung, spürte sie doch, daß hinter dieser seltsamen Aufforderung etwas Furchteinflößendes steckte. Selbst die Draufgänger unter den Soldaten benahmen sich zurückhaltend wie Diener, indem sie den Frauen behilflich waren, die ein Kleidungsstück nach dem anderen auf den wachsenden Haufen warfen.

«Nun, ich werd's mir bequem machen.» Die Blondine öffnete ihr langes Haar. «Stört es euch?» Sie knöpfte ihr Kleid auf und ließ es fallen. Ihr BH war transparent, mit aufgestickten schwarzen Händen. «Ein Geschenk von George.»

«Ich mag, wenn's perlt», sagte George und rührte die Drinks um.

Der Klavierspieler riskierte noch einen Blick. Auf dem Slip der Blondine waren kokett zwinkernde Augen. Sie hatte lange Beine und trug mit hauchdünnen Schmetterlingen verzierte Strümpfe. Sie ließ sich auf einen Stuhl fallen, einen Drink in der Hand, und sagte: «Er mag Geld, George.»

«Ja, natürlich», sagte George, «wer nicht? Glücklicherweise habe ich sehr viel Geld. Hier.» Er öffnete seine Brieftasche und gab dem Klavierspieler zwei Fünfhunderter, die dieser in seine Tasche steckte. «Willst du mal das Schlafzimmer sehen?» fragte George und ging voran in einen dunklen Raum, der sich rasch rot färbte. Er hatte ein Kingsize-Bett, und die Frau streckte sich darauf aus.

«George hätte gern, daß du mich jetzt ausziehst», sagte sie. «Stimmt's, George?»

«Ja», sagte George, «wir sind ja unter Freunden.»

Der Klavierspieler zog sein Jackett aus, warf es auf einen Stuhl und setzte sich neben sie aufs Bett.

Der Tag neigte sich seinem Ende zu. Der Haufen wuchs immer mehr an, immer mehr Gewänder, Ober- und Unterkleider. Aus der düsteren Schwermut, die im Zwielicht über den Häusern hing, trat Periander hervor. Seine Rüstung war bronzen, mit einem Löwen auf der Brustplatte. Das gezogene Schwert wog schwer in seiner Hand und von seinen Soldaten flankiert stand er da, in äußerster Konzentration, mit zusammengekniffenen Augen und beobachtete, wie der Kleiderhaufen in die Nacht hineinwuchs. Er stand vor ihm im Dunkeln, weiß wie ein Geist, und er konnte Melissa flüstern hören: *Ich friere. Wärme mich, mein Gemahl.*

«Massier mir die Titten ein bißchen; George mag das.»

«Ja, ich bin versessen aufs Vorspiel», sagte George und setzte sich in einen Sessel.

Der Klavierspieler legte seine Hände auf die Hände auf dem BH und knetete ihre Brüste.

«O George», sagte die Blondine seufzend, «du bist so ungezogen.»

«Ich kann nichts dafür», sagte George aus seinem Sessel. «Ich bin bei der Geburt zu schnell rausgeflutscht.»

Als alle Kleider sich schließlich hoch in die Nacht türmten und jede Frau in der ganzen Stadt nackt im Mondlicht stand, schlenderte Periander langsam zu dem Haufen herüber. «Bringt mir Feuer», sagte er, denn er konnte seine tote Frau Melissa flüstern hören: *Ich friere, mein Gemahl, wegen des Laibs im kalten Ofen!*

Die Augen auf dem Schlüpfer der Blondine schlossen sich, als der Klavierspieler ihr ihn vom Hintern zog, die Oberschenkel hinab, über die Knie und hinunter auf die Fußgelenke, von denen sie ihn fortschleuderte. George fing ihn mit einer Hand auf und drückte ihn an seine Nase, wie eine Frau, die in ein parfümiertes Taschentuch träumt.

Der Schopf ihres Schamhaars schimmerte rötlich in dem roten Raum. Der Klavierspieler streifte Hemd und Hose ab.

«Zieh dich ganz aus», sagte die Blondine. «George besteht darauf.»

«Ja», sagte George, «mich kann keiner mehr zurückhalten.»

Der Klavierspieler war nackt in dem roten Licht und die Blondine auch, bis auf ihre Strümpfe und die goldenen Schuhe mit hohen Hacken. «Komm», sagte sie, streckte die Arme nach dem Klavierspieler aus und zog ihn auf sich drauf.

«So hab ich's gern», sagte George, öffnete seine Hose und zog sein schlaffes Glied hervor. «Ganz normaler, altmodischer Sex.»

«Mach's mir», sagte die Blondine. «Gib's mir, George.»

«Ja, ich werd dir's geben, Darling», sagte George und fing auf dem Sessel an, sich einen zu reiben. «Fühlst du, wie er reingeht?»

«Ja», sagte sie, «ich fühle ihn tief reingehen.»

«Ich bin bei einem chinesischen Doktor gewesen», sagte George.

Das Feuer spiegelte sich auf der bronzenen Rüstung. Periander näherte seine Fackel dem Haufen Weiblichkeit, den Gewändern und Umhängen, den Tüchern, dem Unterzeug, das leicht sengte, dann in Flammen sang; die Seide brannte lichterloh und warf Zungen in die Luft, so daß das Feuer den Mittelpunkt der Stadt rotglühend erhellte.

Periander kniete mit gesenktem Haupt am tosenden Feuer nieder, und Melissa sprach aus der Wärme, die er ihr gebracht hatte, zu ihm. *Jetzt, mein getreuer Liebhaber, sind wir im dunklen Feuer wieder eins geworden. Jetzt kann ich jene letzte Liebkosung, die du mir von so weit her hast zukommen lassen, erst genießen. In der Wärme deines Opfers fühle ich wieder Leben in mir. Und wenn du einen Beweis dafür wünschst, daß ich wirklich hier war, dann geh zum Haus des Plotinous, und da, in der Ecke neben dem hölzernen Lampenkästchen, wirst du einen Gegenstand finden, den du vor langer Zeit aus den Augen verloren hast.*

Periander begab sich zu dem von ihr bezeichneten Haus und fand tatsächlich, wie der Geist es ihm vorhergesagt hatte, eine Bronzestatue, Phönix, der sich auf einem flammengeschmückten Säulenfuß erhebt.

«Das is'n Wahnsinnsauftritt, Baby», flüsterte der Klavierspieler der Blondine zu, als er sie vollpumpte.

«Du hast's gern», sagte die Blondine.

«Ja», sagte George und rieb seinen Schwanz, «ich hab nichts lieber als 'ne gute Nummer.»

14

Ich werde euch von Melonisia erzählen, der Dame, die die Geometrie liebte. Ihre Wangen waren wie der Mond, aber ihre Gedanken galten den Sternen. «Wer die Sterne liebt, kann keinen Mann lieben», so sagt man, und Melonisia kannte das Geheimnis der Mondfinsternis, denn sie hatte das Himmelsrad studiert.

«AGNES!»

Eine tiefe Stimme hallte durch den Innenhof der Mietskaserne an der 101. Straße, in der Gegend des Riverside Drive. Es war einen Moment Ruhe, und dann rief die Stimme wieder, furchterregend, und ließ die Fensterscheiben des ganzen Hauses erzittern:

«AGNES!»

«Was willstn, Honey?» kam eine zuckersüße Stimme aus dem Fenster und ließ Honig den Luftschacht runtertröpfeln.

«AGNES, SCHAFF DEIN SCHWATTSEN AASCH HIER RUNTA!»

Melonisia ging nach ihrer Geometriestunde allein durch die Dunkelheit der warmen Nacht. In ihrem Kopf barg sie ein großes Geheimnis, das nur den gelehrten Mathematikern bekannt war – der Mond würde heute nacht hinter einem dunklen Schatten verborgen sein, würde fort sein, wie vom Himmel gewischt. Noch zeigte der Himmel einen vollen Mond, in seiner Pracht vielleicht ein Mond der Liebenden, aber schon bald würde er in Dunkelheit versinken, und die Liebe würde erbeben.

«DU SCHAFFST JEZZ DEIN SCHWATTSEN AASCH HIER RUNTA ODA ICH KOMM HOCH UN SCHAFFN MIT TRITTEN RUNTA!»

«Nun wart mal schön 'n Moment, Honey.» Süße Schokoladekirsch-Worte tröpfelten den Luftschacht runter.

«ICH WATT NICH MEHR LANGE», grollte die Stimme unten von der Straße und rasselte wie ein Panzer, der über Felsbrocken kriecht.

Melonisia kannte den Mond, und der Mond kannte Melonisia, denn er beschien sie mit einem lieblich blassen Licht, das einen herumreisenden Nekromanten anzog, einen Mann, der sich in den Sternen auskennt und von dem man sagt, daß er sogar Reisen zu den Sternen unternimmt. Er war hingerissen von dem Mädchen, das da ohne Furcht durch die Dunkelheit mondwandelte. Er sah gut aus, trug einen schwarzen Schnurrbart und hatte blitzende Augen. «Ich kenne ein Geheimnis der Götter», sagte er zu ihr.

«AGNES? ICH KOMM GLAICH MINNER KNARRE RAUF, WENN DU NICH GLAICH DEIN AASCH RUNTASCHAFFST!»

«Du hast ja gar kein Gewehr, Darling.»

«ICH HAB 'NE VADAMMTE FLINTE UN SCHIEB SE DIR IN DEIN SCHWATTSEN AASCH, WENN DE NICH IN FÜNF SEKUNDN UNTEN BIST, AGNES!»

«Oh, Honey, sei nur nich so bööös!»

«Ein Geheimnis von den Sternen», sagte der Nekromant, «welches ich dir anvertrauen werde.»

Sie wandelten auf der Straße seltener und finsterer Träume. Der Himmel barg ein Geheimnis? Welches Geheimnis?

«Ich werde für dich ein magisches Stück aufführen», sagte der Nekromant, «etwas, das nicht leicht zu bewerkstelligen ist.» Von den Schatten der Nacht umgeben, näherte er sich ein wenig. Sie behielt ihren würdevollen Schritt, denn auch sie kannte ein Geheimnis, etwas, das nicht jeder wissen konnte, etwas, das die Geometriker ihr gezeigt hatten, nämlich, daß der Mond heute nacht bald ausgehen würde. Was weiß dieser Mann wohl von der Nacht?

«Ich kann es nicht beliebig aufführen. Ich kann es niemals allein aufführen», sagte der Nekromant. «Aber ich kann es mit einer hübschen Frau in der Kühle des Abends aufführen, wenn der Mond, in einer Nacht wie dieser, sein Streben nach Fülle befriedigt hat.»

Sein Blick blendete wie der Mond selbst. Ist das die leidenschaftliche Glut eines Liebhabers? Ist er vom Mond zu mir hingezogen worden? Die Sternennacht ist eine berückende Lagune, so sagt man.

«Aber wo werden Sie Ihr magisches Kunststück vollbringen, mein Herr?» fragte sie.

«Hier, wo wir sitzen», sagte er. «Ich stehe jetzt in direkter Verbindung mit dem Mond.»

«AGNES! ICH KOMM JEZZ RAUF DIR DEIN SCHWATTSEN AASCH ZU VASOHLN. HAB MEIN FUSS SCHON AUF DER ERSTN STUFE!»

Ein Polizist kam die 100. Straße herab, und als er die gewaltige Stimme da so dröhnen hörte, warf er mal einen Blick auf den Innenhof. Er war überzeugt, daß alles in bester Ordnung war, als er nichts weiter als einen kleinen Schwarzen sah, vielleicht ein Meter sechzig groß, der da in den Lichtschacht brüllte.

«AGNES? ICH WERD BIS DRAI ZÄHLN! HÖRSTE MICH? WENN DE NICH UNTEN BISS, WENN ICH BIS DRAI GEZÄHLT HAB, WERD ICH DEINE TÜR AINTRETN!»

Der Polizist ging weiter.

«Der Mond und ich, Madame, wir haben eine geheime Abmachung», sagte der Nekromant, und indem er seine Arme zum Himmel erhob, sprach er zum Juwel der Nacht: «Herr des Mondes, du kristallener Herrscher, ich bitte dich, zugunsten dieser selten schönen Dame, mit mir ein höchst wundersames Kunststück vorzuführen!»

Die unendliche Nacht breitete sich um ihn aus. Wie einsam sich Melonisia doch in ihrer schweren Umarmung fühlte, die sich weit in grenzenlose Ferne ausdehnte. Der Anblick des Nekromanten ließ sie erschauern, so schwarz in seinem rätselhaften, magischen Blick. Sie setzte sich auf einen großen, vom Mond beschienenen Stein und machte ihm schöne Augen. Seine dunkle Erscheinung gefiel ihr, in dem schwarzen Umhang mit dem weißen Totenschädel unterm Arm wirkte er ungeheuerlich romantisch.

«AGNES? JEZZ KOMM ICH ABA WIRKLICH UN TRET DIR IN DEIN SCHWATTSEN AASCH, DASS DIR DIE AUGN RAUSFALLN!»

«Oh, Mond, du kennst meine Absichten. Ich kann dich im Antlitz dieser Athenerin sehen. Sollen wir ihr zeigen, wie sie mit uns kommuniziert, daß sie dazu bestimmt ist, heute nacht hier zu sein, erkoren, ein seltenes himmlisches Schauspiel zu erleben?» Er trat vor Melonisia und verbeugte sich. «Ich kann dieses nur durch dich tun. Akzeptiere es als eine geheime Geste der Liebe. Es ist nicht etwas, das ich leicht geben kann, denn ich vereinige mich dir zuliebe mit den Mächten der Dunkelheit.»

Was ist das für ein Liebhaber, der solch wundersames Geschenk bringt? fragte sie sich. Die lange schmale Hand des Nekromanten zeigte tanzend gen Himmel.

«AGNES? ICH ZÄHL JEZZ DAS LEZZTE MA BIS DRAI!»

«Denn dieses, o Mond, gelingt nur durch die Macht der Liebe, die Macht der Liebe allein», sagte der Nekromant und machte geheimnisvolle Bewegungen mit dem weißen Totenschädel in der Hand. Der Totenschädel leuchtete im Mondlicht wie ein kleinerer Mond, ein reflektierender Mond. Und jetzt antworteten auch ihre Augen. «Ich werde den Mond für dich verhüllen, meine Schöne. Ich greife hinauf zu den Sternen und ziehe an den feinen seidenen Schnüren des Weltalls mit meinen Händen und lasse den Vorhang der Dunkelheit fallen ...»

Nach ihren eigenen Berechnungen wußte sie, daß die Finsternis jeden Moment einsetzen mußte, sie kannte den genauen Zeitpunkt, denn auch sie kannte das Geheimnis des Mondes.

«AGNES! ICH WERD DEIN AASCH MIT MEIN FUSSABDRUCK MARKIERN!»

«Nur noch 'n paar Minutn, Darling.»

«WEN HASTN DA OBEN BEI DIR? HASTE WEN BEI DIR? DEN WERD ICH AUCH GANZ SCHÖN IN AASCH TRETN!»

Die Nacht zog langsam und geheimnisvoll ihren schwarzen Vorhang zu und bedeckte das Antlitz des Mondes mit ihrer Dunkelheit ...

«Der Mond ist nun gegangen», sagte der Nekromant und zeigte auf den dunklen Himmel. «Denn deine Schönheit hat ihn sich verfinstern lassen», sagte er und berührte sie dort, wo sich ihre Zwillingsmonde unter dem Gewand verbargen. Melonisia wich der Hand des Nekromanten nicht aus. Er stand neben dem Felsbrocken, auf dem sie im Schatten saß, und spielte mit ihr in der Dunkelheit ihres Gewandes.

«AGNES? ICH KOMM JEZZ RAUF UN TRET DIR DEIN GOTTVERDAMMTEN AASCH EIN, UN DEM ANDERN AUCH. SACH IHM, ER SOLL SICH LIEBA VERZIEHN, WENN ICH KOMM!»

«Ist keiner bei mir, Darling. Ich tusch mir grad die Augen.»

«ICH WERD DIR GLAICH DIE AUGN TUSCHN! WERD SE DIR MIT MEIN FÄUSTEN ANMALN!»

«Ich hatte den Mond in mir und hab ihn dir gegeben», sagte der Nekromant, hob sie von dem Stein herab ins weiche Gras und legte sie vorsichtig nieder, mit einer Hand, sanft genug, den feinen Vorhang der Nacht zu greifen und zuzuziehen. Ja, es war weithin bekannt, daß der Mond sich verfinstern würde. Auch sie hatte es gewußt; am frühen Abend war es ihr stolzes Geheimnis gewesen, das man sie an der Universität gelehrt hatte.

Zuerst dachte ich daran, ihn zu entlarven, weil er ein Scharlatan ist. Aber dann machte er jene Geste gen Himmel … Ich dachte vielleicht, daß die ganze Geometrie, alle Berechnungen der Astrologen nur bestätigten, was im Buch der Liebe längst bekannt war: daß ein Nekromant heute nacht den Mond für mich verhüllen würde.

«AGNES? ICH WERD JEZZ MA 'NE WEILE IN UNSRE BAR GEHN. DANN KOMM ICH WIEDA HIERHER UND WERD DIR DEIN SCHWATTSEN AASCH VERSOHLN!»

Und so arbeitet der Verstand einer Frau, ihr Damen von Athen, auch wenn sie über eine Universitätsausbildung verfügt.

«ICH WERD MIR SIEBNFUFFZICH BIER REINTUN UN DANN WEN UMBRINGEN, AGNES.»

15

Ach, ihr Damen, sagte die nächste Erzählerin, laßt uns nicht den guten Homer und seine Geschichte von Aphrodite und Ares vergessen, die so verliebt ineinander waren, daß sie bei jeder Gelegenheit, wann immer Aphrodites Ehemann, Hephaistos, nicht zu Hause war, miteinander ins Bett stiegen. Hephaistos war jedoch kein Dummkopf, und da er seine Frau des Ärgsten verdächtigte, dachte er sich eine Falle aus, in der er die beiden Liebenden fangen wollte. Er war Schmied von Beruf, und so fertigte er ein kunstvolles Netz aus feinstem Stahl und befestigte dieses über Aphrodites Bett. Dann überließ er seine Frau ihren Gelüsten mit der Entschuldigung, er brauche ein paar Tage Erholung, und tatsächlich ließ sie Ares sofort an ihr Bett rufen.

«Du, mein Liebling», sagte sie, «laß uns jetzt, da wir allein sind, ein bißchen ficken.»

«Recht so», sagte Ares, zog ihr das Kleid vom Leib und bestieg sie. Kaum hatten sie das Bett mit ihrer Freude zum Schwingen gebracht, da fielen schon die feinen Schlingen der Fallen über sie und fesselten sie, wie zwei Hündchen vereint, ans Bett.

Der aufgetakelte Wachtmeister Slug zog seinen 45er Revolver aus seiner unrasierten europäischen Women's Lib-Armhöhle, richtete ihn auf den Gastgeber der Party und sagte: «Pfoten hoch.»

«Aber Mary», sagte der als Wunderweib verkleidete Gastgeber, «steck deinen Dildo weg.»

«PFOTEN HOCH, PERVERSES PACK!» brüllte Wachtmeister Slug, zungenlahm vor Erregung, und fuchtelte mit der Knarre rum.

«Du hast mich betrogen!» brüllte Hephaistos.

«Bitte, Darling», sagte Aphrodite, «mach nicht so eine fürchterliche Szene.»

«Sieht aus, als würde die Party 'n Reinfall, und ich hab keine Lust, meinen Arsch hinzuhalten», sagte ein junger, als Martha Washington verkleideter Mann und wandte sich zur Tür, wo er von einem lauten Knall aus Wachtmeister Slugs Revolver gestoppt wurde, als sich eine pfeifende Kugel in den Türrahmen eingrub.

Die Gäste standen da, wie zu Salzsäulen erstarrt, sie wußten, daß sie es mit einem ganz schlimmen Perversen zu tun hatten.

Alle Götter kamen, um die Verstrickung von Ares und Aphrodite zu sehen, und der große Hermes sagte, er würde alles darum geben, auf einer solchen Schönheit gefangen zu sein. Hephaistos schäumte und schnaubte vor Wut.

Wachtmeister Slug griff zum Telefon und wählte die Vermittlung. «Geben Sie mir die Polizei.»

«Mein Gott, das ist ja wie in einem Fellini-Film», sagte ein junger Mann, der sich monatelang Hormon-Injektionen hatte verabreichen lassen, um seine Titten für diese Party aufzublasen.

Hephaistos willigte nicht früher ein, dieses tückische Netz zu lüften, bis Poseidon, der Gott des Meeres, kam und versprach, Hephaistos für alles, was er für Aphrodite an Hochzeitsgeschenken gegeben hatte, zu entschädigen.

«Hallo, Captain, hier spricht Wachtmeister Slug. Schicken Sie mal 'n Streifenwagen zur Christopher Street 125, Apartment 23. Ich hab 'n Rudel Perverser zusammengetrieben.» Einer der Gäste, der sich als Mutter Erde verkleidet hatte und fünf Paar falscher Titten auf der Brust trug, schlich sich hinter Wachtmeister Slug und warf dem tapferen Polizisten ein Tuch aus Goldlamé über den Kopf. Sofort machten sich die Mädchen durch Tür und Fenster aus dem Staub. Wachtmeister Slug drehte durch, schoß in die Wand und schrie:

«PERVERSES PACK, IHR STEHT ALLE MITEINANDER UNTER ARREST!» Er mühte sich verzweifelt, das Tuch vom Kopf zu kriegen. Das Apartment hatte sich im Nu geleert, bis auf zwei junge Männer, die als Nonnen verkleidet waren. Sie konnten nicht so schnell laufen, weil sie über ihre langen Gewänder stolperten. Wachtmeister Slug erreichte die Tür vor ihnen und versperrte ihnen mit seinen falschen Titten und dem 45er den Weg.

«Eine falsche Bewegung», knurrte er, «und ihr seid mausetot.»

«Wieder mal ins Knie gefickt, Darling», sagte eine der Nonnen aufseufzend zu seinem Partner, der auf dem Boden kniete und hysterisch kreischte, voller Angst vor den Schlagzeilen in den *Daily News*, die seine Mutter in Illinois abonniert hatte.

Dem großen Ares war es ziemlich peinlich, wie die Götter da rumstanden und ihre Witze machten, als er sein zum Platzen gefülltes Glied rauszog (die züchtigen Göttinnen waren zu Hause geblieben).

Die beiden Nonnen und Wachtmeister Slug warteten auf den Streifenwagen. Als die Beamten schließlich in der Tür erschienen, sagte Wachtmeister Slug: «Paßt auf, Jungs, ich hab da 'n paar gefährliche Perverse zusammengetrieben.»

Die verkleideten Nonnen wurden weinend die Treppe hinabgeführt und im Streifenwagen zur Polizeistation gebracht, wo sie die Nacht in einer Zelle verbrachten und sich Visionen vom Klosterleben und einen schmutzigen Witz über einen Mönch ins Gedächtnis zurückriefen, der einen Furz aus dem Fenster blies. Anschließend bliesen sie die verschiedenen anderen jungen Männer, die die Zelle mit ihnen teilten.

Aphrodite stand schließlich unerschüttert auf und begab sich nach Kypros, zu ihrem lieblichen Altar, wo sie sich badete und dazu ein fröhliches, zufriedenes Lied anstimmte. Man mag eine Göttin in die Falle locken können, ihr Damen, doch kann man sie bei jenem Akt, der sie so natürlich überkommt, nicht beschämen.

Am nächsten Morgen wurden die beiden Nonnen gegen eine von der Schwulen-Emanzipationsbewegung gestellte Kaution auf freien Fuß gesetzt. Als sie das Polizeigebäude verließen, kam gerade eine alte Frau vorbei, die sich bekreuzigte und ein stilles Gebet murmelte.

16

Die nächste Sprecherin stellte sich vor. Sie war ein Wesen von kleiner Statur mit langem blondem Haar und schelmischem Blick. Ihre Stimme war tief und weich und entschlüpfte sinnlich feuchten Lippen.

Nun, ihr Damen, ich will gar nicht erst zu verbergen suchen, was ihr sowieso schon wißt – daß ich, bevor ich meinen Mann heiratete, nur ein einfaches Badehausmädchen war.

«Der Nächste. Sind Sie der Nächste, Sir?»

«Ich? Ja, das bin ich», sagte der ungeduldige Kunde des Broadway-Massagesalons.

«Dann treten Sie näher, Sir», sagte die Empfangsdame, «und ziehen Sie die Hose aus. Es wird sich gleich jemand um Sie kümmern.»

«Danke.» Mir einen reiben lassen, 3 Dollar. Der günstigste Laden in der ganzen Stadt. Das Geschäft meines Lebens. Nach so einem harten Tag im Büro werde ich ohne das wahrscheinlich durchdrehen. Gut für den Geist, gut für den Geldbeutel. Einen blasen, 5 Dollar. Kann ich mir nicht leisten, muß auf dem Heimweg 'ne Pizza für Frau und Kinder kaufen. Gerade Geld genug für'n Handbetrieb, genug, um die Spannung des Tages loszuwerden.

Alle Männer aus der Stadt kamen ins Bad und ich, in eine weite Toga gekleidet, wusch sie am ganzen Körper und wurde so mit ihren intimsten Körperstellen vertraut.

«Guten Abend», sagte die Betreuerin, als sie den Raum betrat. Sie trug einen enganliegenden Rock und eine gummierte Jacke, hatte blond gefärbte Haare, übermäßiges Augen-Make-up und ging direkt auf ihren Kunden los und griff nach seinem plötzlich pulsierenden Pimmel.

Ich bin gut im Merken von Details, und ich kann euch genau

die Form der Glieder eurer Ehemänner beschreiben. Aber ich bitte euch, seid nicht eifersüchtig, denn niemals war mehr zwischen uns als ein wenig Wasser und Seife. Natürlich bestanden sie darauf, gut abgerieben und an bestimmten Stellen besonders gut gesäubert zu werden, damit sie wohl duftend abends zu euch nach Hause kämen.

«'n schöner Tag heute, nicht wahr?» fragte sie, indem sie die Vorhaut langsam hin- und herschob.

«Wunderschön.»

«Ich jobbe mich durch die Schauspielschule», sagte sie und nahm seinen klopfenden Steifen zwischen beide Hände und rieb ihn, rauf und runter.

«Jeder sollte seinen eigenen Ausdruck finden.»

«Ja. Ich will einfach kreativ sein. Kennen Sie irgendwen im Showbusiness?»

«Nun, ich lern schon so manchen Schauspieler kennen. Ich arbeite im Büro für Arbeitslose, gleich um die Ecke.»

«Da einen Einstieg zu finden ist unheimlich schwer», sagte sie, indem sie den Riemen des Kunden fachkundig auf und ab bearbeitete, weder zu schnell noch zu langsam.

Unserer Göttin zur Freude und euch zur Anregung werde ich versuchen, ein paar der herausragenden Schwänze Athens zu beschreiben. Zunächst ist da Lukian, dessen Glied unerträglich lang sein muß, wenn es erigiert ist. Was mich angeht, so habe ich es im Bad natürlich nur passiv baumelnd gesehen.

«Sie müssen ja den Tag über 'ne ganze Menge Schwänze sehen», sagte der Kunde.

«Ja. Wenn Sie wollen, kann ich Ihnen für 50 Cents extra die Eier 'n bißchen kitzeln.»

«Bitte sehr», sagte der Kunde und gab ihr zwei Fünfundzwanzig-Cent-Stücke, für jeden Hoden eine. Heute würde es 'ne Pizza ohne Anchovis sein.

«Als Mädchen muß man sich eben durchschlagen», sagte die Masseuse und steckte die beiden Münzen in die Tasche.

«Wir sitzen alle im selben Boot», sagte der Kunde, und legte sich stöhnend auf dem Massagetisch zurück.

… und dann, ihr Damen, gibt es da Charmides mit seinem wundervollen Gerät.

«Ich lerne gerade eine neue Szene. Mein Regisseur läßt mich darin einen Baum spielen.»

«Wirklich?» Samensauce Steifer Knackwurst. Schickse Dschungel Ficke-ficke.

«Fühlt sich an, als würden Sie jetzt kommen.»

«Bitte, nicht aufhören.»

«Oh, machen Sie sich darüber keine Sorgen. Ich werde dafür bezahlt, daß ich eine befriedigende Ejakulation erzeuge. Befriedigend bei jedem gesunden … oh, jetzt geht es los, ist es nicht wundervoll, wie es über meine Gummijacke spritzt.»

«Arrrrrggggghhhhhh.»

«Das ist die Stelle, die ich wirklich mag, wenn's so richtig losgeht. Ist so 'ne Art von … Ur-Theater, wissen Sie, was ich meine? Ich mein, es ist so ursprünglich.»

«Gaaaarrrrrrgggggghhhhhh.»

Natürlich habe ich's ihm nur eingeseift und ihm die Haare gewaschen. Es gab zwischen uns nicht die leiseste Erregung, das wißt ihr doch, oder?

«Und manchmal entstehen in mir so wahnsinnige Gefühle, wenn's passiert, Gefühle einer warmen Sensation, und ich weiß, daß das für meine Karriere höchst wertvoll ist. Da, das war der letzte Tropfen.»

«Da kommt noch 'n bißchen mehr, gleich hinterher.»

«Wenn Sie möchten, daß ich noch eine zweite Ejakulation erzeuge, so kostet das 3 Dollar mehr, Sir.»

«Hier, tun Sie's.» Er gab ihr seine letzten 3 Dollar. Heute abend mußten sie zu Hause wohl oder übel mit 'ner Dose Sardinen und 'ner Schachtel Cracker vorliebnehmen.

17

Dann erhob sich die liebreizende Leukippe aus dem Kreis der versammelten Frauen und begann mit ihrer Geschichte.

Ihr mögt euch erinnern, daß ich einst einen Jungen namens Tatios liebte. Während des Krieges waren Mutter und ich vorübergehend ins Haus von Tatios' Vater gekommen. Ich sah sofort, daß dieser Junge ein Auge auf mich geworfen hatte, und es dauerte nicht lange, da hatten wir die ersten Küsse getauscht. Er drängte mich zu mehr, zu einem tieferen Pfand, zu einem Tausch von Leidenschaft, der uns auf immer miteinander verbinden sollte. Ich muß gestehen, das hörte sich verlockend an, doch hatte Mutter einen strengen Wächter an der Tür postiert, denn sie argwöhnte, daß wir das tun wollten, was alle jungen Leute tun wollen. Aber wir bestachen das Zimmermädchen und machten den Wächter schlaftrunken, und des Nachts stand Tatios in meinem Schlafzimmer, und ich war ganz aufgeregt. Wir legten uns zusammen nieder. Plötzlich klopfte es an der Tür.

«Ganz ruhig», sagte das Mädchen, «es wird schon klappen.»

«Ich kann mich nicht entspannen», sagte der junge Mann. «Wie soll ich mich entspannen?»

«Zusammen werden wir's schon hinkriegen, und wir werden alles tun, damit du einen hoch kriegst», sagte das Mädchen.

«Bei einem Mädchen werde ich niemals einen hoch kriegen.»

«Doch, das wirst du», sagte sie. Sie war eine wunderschöne Schauspielerin vom Straßentheater und er ein junger Hauptdarsteller, dessen sexuelles Problem darin bestand, daß er junge Männerschwänze in seinem Arsch liebte.

Die Tür öffnete sich.

«Wir sind entdeckt!» rief Tatios und sprang voller Todesangst fort vom Herd meines Verlangens, lief aufs Fenster zu und hüpfte, als meine Mutter ins Zimmer stürzte, hinaus in die Nacht.

«Meine Tochter», rief sie aus. «Bist du unverletzt?»

«Ja, Mutter», sagte ich, «was ist passiert?»

«Ich hatte einen Traum, liebe Tochter, daß ein Räuber in dein Zimmer eindrang. Er hatte sein nacktes Schwert gezogen, warf dich auf den Rücken und schlitzte dich mit seiner Klinge bis zum Bauch auf. Ich wachte in Schweiß gebadet auf und bin sofort zu dir gekommen.»

Das Telefon läutete.

«Herr im Himmel», stöhnte die Schauspielerin, die Lippen um seinen Schwanz geschlossen.

«Ich muß es abnehmen», sagte der junge Hauptdarsteller. «Es könnte der Regisseur sein.» Seelische Gesundheit ist nur eine Sache, Showbusiness aber ist alles. «Hallo?»

«Hallo, Anthony, bist du es? Anthony, kannst du mich hören? Das ist ein Ferngespräch.»

Er hörte die gackernde, meckernde, geisteskranke Liebe-Haß-Stimme seiner Mutter, ganz weit weg, ihn jagend, ihn verfolgend. MICH JETZT ANZURUFEN, GERADE JETZT!

«Was ist los, Mutter? Wie hast du meine Telefonnummer rausgekriegt?»

«Ich mußte das Theater anrufen. Erinnerst du dich, du hast mir doch eine Liste der Theater gegeben, bei denen du spielst. Ich habe ihnen gesagt, ich sei deine Mutter, daß es dringend sei.»

Das Herz sank ihm dahin, genau wie sein Steifer. «Was ist denn los, Mutter? Was ist denn dringend?»

«Es gibt nichts Dringendes, Anthony. Ich mußte einfach mit dir sprechen. Ich mußte deine Stimme hören. Ich habe dich unter meinem Herzen getragen, Anthony. Ich habe doch ein Recht, mit dir zu reden.»

«Mutter ...» Seine Stimme versagte. Ein Ei aus glühendem Eisen steckte in seiner Kehle. Eine Faust aus glühendem Stahl war um seine Eier geklammert.

«Hast du ... deine Mutter immer noch lieb, Anthony, deine Mutter, die dich in ihrem Leib getragen hat?»

«Mutter, ich muß jetzt auflegen», sagte er. «Ich muß in fünf Minuten zur Probe.»

«O Anthony, ruf mich bitte bald wieder an. Ich hatte ein so

seltsames Gefühl, bevor ich dich anrief. Ich habe vorm Fernseher gesessen, und auf einmal wußte ich, jetzt muß ich dich anrufen. Es kam einfach so über mich, keine fünf Minuten her. Geht es dir gut, mein Junge?»

«Ja, Mutter, mir geht es ausgezeichnet», sagte er. Die Schauspielerin senkte ihren Kopf wieder in seinen Schoß und begann erneut seinen Schwanz zu lutschen, und er legte den Hörer auf und fuhr mit seiner Probe fort.

Da habt ihr es, ihr Damen. Die Intensität unserer Leidenschaft war spürbar durch das ganze Haus von Tatios und brach ein in Mutters Schlaf, und damit blieb mir der grausame und wonnevolle Tod durch das Schwert meines Liebhabers erspart.

18

Die nächste Frau, die zu sprechen anhob, war eine dunkelhaarige Schönheit, eine etwas plumpe Erscheinung mit einem leicht aufgeschwemmten, fast einem Schweinchen-Gesicht, das ihre sinnliche Natur noch unterstrich. Damen von Athen, sagte sie, ich muß euch über einen höchst unglückseligen Mann, den armen Simylos erzählen, dem von seinem Vater auf gräßliche Weise mitgespielt wurde.

In seinen neuen maßgeschneiderten Anzug gekleidet, mit der neuen Aktenmappe unter dem Arm, betrat der junge Mann den Ausstellungsraum an der 7. Avenue.

Simylos war der geborene Liebhaber, hatte ein attraktives Äußeres und war beseelt von heftigem Verlangen. Er stellte vielen Frauen nach, er trank und machte Geschenke aus dem väterlichen Besitz. Sein Vater verdroß die Zügellosigkeit des jungen Mannes, und er fürchtete, daß der Junge den ganzen Familienbesitz verplempern und vervögeln würde.

«Guten Morgen, Mr. Greenfield», sagte die Empfangsdame.

«Guten Morgen», sagte der junge Mann und schlenderte lässig den Korridor hinab.

Zu diesem Zeitpunkt schlug ein Freund von Simylos' Vater vor, man solle den Jungen doch kastrieren. «Immerhin», sagte der Freund, «zögert man doch auch nicht, ein geiles Tier zu kastrieren. Ich kenne jemanden, der die Operation einwandfrei ausführen kann, und dein Sohn wird schon wenige Minuten später wieder frisch und gesund wie ein Fisch im Wasser sein, mit nur etwas Teersalbe auf der Wunde.»

Der Vater mußte zugeben, daß das eine ausgezeichnete Idee war. War sein Sohn erst mal zur Ruhe gebracht, könnten sie gemeinsam den Geschäften nachgehen, und der Familienname würde aufs neue florieren. Bei dem Tempo, das der Bursche zur

Zeit bei seiner Hurerei und seinem Gesaufe vorlegte, würde er schon bald ein böses Ende finden. Es war besser, ihm die Eier abzusäbeln und so das Problem zu lösen – das war genau der richtige Weg, aus seinem Sohn einen guten Geschäftspartner zu machen.

«Guten Morgen, Mr. Greenfield», sagte seine Sekretärin, als er die Tür zu seinem Büro öffnete, auf der zu lesen war:

J. Greenfield jr.
Vizepräsident

«Ist Vater schon da?»

«Er läßt ausrichten, daß Sie sich um zehn Uhr zu einer Besprechung bei ihm einfinden möchten.»

Man ließ den Chirurgen rufen, und dieser traf abends, als Simylos ausgegangen war, mit seinen Messern und Salben ein. Vater und Chirurg warteten im Dunkeln bis spät in die Nacht, bis Simylos schließlich betrunken und singend nach Hause kam. Als er mit dem Hausschlüssel an der Tür rumfummelte, ergriffen sie ihn.

«Was soll das bedeuten?» schrie der junge Mann.

«Mein Sohn», sagte der Vater, «es geschieht nur zu deinem Besten.»

«O ja, bitte», sagte der Junge beruhigt, als er sah, daß es sein eigener Vater und nicht ein Dieb war. «Ich kann jemanden brauchen, der mir ins Bett hilft. Hab 'n paar Tropfen Wein getrunken.»

«Ja, mein Junge, hier entlang», sagte der Vater, und er und der Chirurg führten den jungen Mann zu seinem Bett, wo sie ihn vorsichtig niederlegten und dann rasch fesselten, indem sie ihm Arme und Beine an die Bettpfosten banden.

«Prima, danke schön», sagte der junge Mann, indem er an seiner Sekretärin vorbei ins Büro ging, wo er seine leere Aktenmappe öffnete. Bald schon würde sie mit zahllosen Memos, mit seinem Briefpapier, Broschüren und Korrespondenzen angefüllt sein, die einen leitenden Angestellten ausmachen. Ich stehe gerade am Anfang meiner Karriere; das ist ein wunderbares Gefühl.

«Lieber Vater», fragte der Junge, «was machst du da?»

«Es wird rasch vorüber sein, junger Mann», sagte der Chirurg. «Bleib nur ganz ruhig liegen.»

«Vater!» schrie der junge Mann. «Was hast du vor?» Er sah das plötzliche Aufblitzen des Skalpells. Es war dünn und scharf, und der Chirurg probierte die Schneide an einem feinen Faden, den er glatt durchschnitt.

«Nun, mein Junge», sagte der Vater, «sei ein Mann und zuck nicht zusammen. Wir werden jetzt eine kleine Operation durchführen, eine ganz leise Berührung mit der Klinge. Im Handumdrehen wirst du so fit sein wie nie zuvor.» Und indem er so sprach, lüftete der Vater das Gewand des jungen Mannes, so daß dessen intimste Körperteile bloßgelegt wurden.

«Vater!» schrie Simylos mit aller Kraft. «Bitte, tu es nicht, was immer du im Sinn haben magst!»

«Ruhig, mein Kleiner», sagte der Vater. «Es geschieht zum Besten deiner Seele und unseres Geschäfts.»

Kein Stückchen Papier auf seinem Schreibtisch, und auch die Schubfächer waren leer, von ein paar Bleistiften, Büroklammern und anderem Kleinkram abgesehen. Er schwenkte auf seinem Bürostuhl herum und blickte aus dem Fenster. Gestern noch Examenskandidat und heute Vizepräsident. Das war ein Leben.

«Halten Sie bitte die Oberschenkel auseinander», sagte der Chirurg.

«Hilfe!» schrie der junge Mann. «So helft mir doch!»

«Wir helfen dir ja, mein Sohn. Wir tun das zu deinem eigenen Besten. Du wirst mir später dankbar sein.»

«Nein! Vater, nein, nein, nein!» schrie Simylos so laut er konnte. «Das darf nicht sein, sag, daß ich träume!»

«Dein Müßiggang ist ausgeträumt, lieber Simylos», sagte der Vater, als das Messer des Chirurgen den ersten Schnitt gemacht hatte. «Jetzt gibt's nur noch das Geschäft.»

Ja, Sir, Vater und ich werden das Geschäft gemeinsam expandieren. Nichts soll uns aufhalten. Wie viele meiner Altersgenossen haben schon ihren Namen an einer Bürotür und eine eigene Sekretärin? Ja, Sir, ich halte die Welt an den Eiern.

«Vater!» schrie der junge Mann noch einmal auf, bevor er in Ohnmacht fiel. Als er wieder zu sich kam, umgab ihn der Gestank von Teersalbe.

19

Eine gertenschlanke Blondine erhob sich aus der Schar der Athenerinnen. Das Oberteil ihres weitgeschnittenen Gewands war leicht geöffnet, und ihre Brüste, klein und fest wie frühsommerliche Birnen, waren fast völlig enthüllt. Damen, sagte sie, seht, was ich zu eurer Unterhaltung mitgebracht habe. Von dem meisterhaften Holzschnitzer an den Toren unserer Stadt speziell für mich gefertigt. Nun, ihr könnt es selbst sehen – ich habe zwei niedliche Puppen in meiner Hand, einen kleinen Knaben und ein kleines Mädchen.

«Komm herein, mein Junge», sagte John Greenfield sr., Präsident der Babypuppen AG, die Millionen Dollar schwere Puppensensationen wie Pipi Baby und Patsy Pubertär hervorgebracht hatte.

Die Puppen wurden herumgereicht. Die Frauen begannen zu kichern und mit den Puppen, die schon recht seltsam waren, zu spielen.

«Wie geht's dir, Daddy?» fragte Vizepräsident John Greenfield jr.

«Gut, sehr gut, mein Junge. Ich wollte dir mal die Pläne für unser diesjähriges neues Puppenmodell unterbreiten.»

«Dad, ich habe eine Idee.»

«Gut, sehr gut. Und was für 'ne Idee, mein Junge?»

«Ich denke, unsere Puppen sollten realistischer gestaltet werden.»

Ein Stirnrunzeln verdüsterte einen Augenblick lang das Antlitz des älteren Greenfield. «Realistischer?»

«Ja, Daddy, ich habe eine Idee für eine neue kleine Knaben-Puppe mit Penis und Hoden.»

«Eier an 'ner Puppe? Du mußt übergeschnappt sein, mein Junge.»

«Nein, Dad, ich mein's im Ernst. Die Öffentlichkeit ist für diese Art von Puppe längst vorbereitet. Ich habe vorhin in meinem Büro ein paar Skizzen angefertigt ...»

«Kannst du vergessen», sagte der ältere Greenfield. «Unser Interesse gilt einzig und allein der Schaffung eines Spielgefährten für Pipi Baby. Ich habe die Konstrukteure bereits darauf angesetzt. Der Name wird wahrscheinlich noch geändert werden müssen, im Moment nenne ich sie noch Kacki Baby. Wir entwikkeln gerade lebensnahe kleine Plastikköttelchen.»

Seht mal her, ihr Damen, sagte eine der Athenerinnen und hielt lächelnd das kleine Puppenmädchen in der Hand. In ihrem Unterleib hat sie einen kleinen, geschnitzten Spalt, und der ist mit weichem, schwammigem Material aus dem Meer eingefaßt.

Ja, sagte eine der anderen lieblichen Damen, die den kleinen Puppenknaben hielt. Und *er* hat einen kleinen Pint aus Holz. Ist das nicht süß, wie er so steif nach oben zeigt.

«Dad, glaubst du nicht auch, daß es etwas irreführend ist, wenn Pipi Baby ihre Windeln aus einem kleinen, metallenen Loch im Rücken näßt?»

«Diese Stelle ist genauso gut wie jede andere», sagte Greenfield sr. «Besser als die meisten anderen. Wär doch nicht gut, wenn's aus dem Ellbogen käme.»

«Warum modellieren wir keine richtige Vagina?»

«Eine richtige was?»

«Das Geschlechtsteil eines Mädchens», sagte Greenfield jr. mit gesenkter Stimme.

«Ist das alles, was du im College gelernt hast?»

«Daddy, ich bin einfach nur kreativ.»

«Dummes Zeug, wir sind Geschäftsmänner. Eier an 'ner Puppe, ich glaube, du träumst, mein Junge. Sieh dir mal Patsy Pubertär an. Wir habens gerade so durchgekriegt, ihr ein paar –» Mr. Greenfield blickte sich um, ob seine Sekretärin auch nicht mithören konnte – «ein paar Titten an Patsy Pubertär zu machen. Natürlich ohne Nippel. Das war die einzige Auflage, die die Warenhäuser uns machten. Keine Nippel an Patsy Pubertär.»

Ja, ihr Damen, sagte die Eigentümerin der Puppen, langsam kommt ihr jetzt dahinter – die Puppen sind so gemacht, daß sie in der intimsten Stellung ineinanderpassen. Ist das nicht das reizendste Spielzeug, das ihr jemals gesehen habt?

Die Athenerinnen steckten die Puppen in den verschiedensten Liebesstellungen ineinander, und weil der Puppenschnitzer Arme und Beine sehr geschickt mit Draht befestigt hatte, konnte man mit diesem Spielzeug die ungewöhnlichsten Stellungen zustande bringen. Schließlich wurden sie in zärtlicher Umarmung, mit dem kleinen Mädchen rittlings auf dem kleinen Knaben, auf den Altar der Demeter gelegt.

Die Athenerinnen waren hartnäckig darauf erpicht, den Namen des Puppenschnitzers zu erfahren. Das war genau das Spielzeug, das sie gern für ihre eigenen Kinder haben wollten. Kinder brauchen einen Zeitvertreib, und hier gab es nun Puppen, die ihnen die Technik der Liebe nahebringen konnten.

«Dad, ich will das Geschäft mit neuem Blut beleben.»

«Neues Blut, okay. Eier und Nippel, nein. Die Eier kannst du dir gleich aus dem Kopf schneiden, mein Junge; ich weiß, was das Publikum will. Es will Pipi Baby mit einem Loch auf dem Rücken und Kacky Baby mit einem Loch an derselben Stelle.»

«Eine Puppe, die mit dem Rücken kackt?»

«Genau das, mein Junge. Wir wollen die Kinder gar nicht erst auf falsche Gedanken bringen.»

20

Ich denke, ihr Damen von Athen, sagte die nächste Sprecherin, es ist an der Zeit, herauszufinden, wessen Hinterteil das sanfteste ist und die lieblichsten Rundungen hat. Es ist bei unserer alljährlich wiederkehrenden kleinen Feier Sitte, den schönsten Hintern zu ermitteln, und ich habe mich das ganze Jahr lang auf die Preiskrönung vorbereitet.

«Okay, Girls, hier entlang. Bitte, stellen Sie sich in die Reihe, Miss Arkansas.» Miss Arkansas und Miss Kansas betraten den Ermittlungsraum. Er war gepackt mit leitenden Beamten des Miss Kosmos Komitees. Einer von ihnen hielt ein Bandmaß in der Hand.

Seht einmal genau hin, Damen von Athen, wenn ich mein Gewand löse. Ihr könnt die süßen Backen meines Hinterns jetzt ganz deutlich sehen, wie ich sie hin und her bewege. Seht einmal, wie schön sie wippen. Könnt ihr euch vorstellen, wie eure Ehemänner bei solch einem Schauspiel Maulaffen feilhalten? Glaubt ihr, daß ich gefährlich bin? Habe ich die Schau gewonnen?

«Zieht euch aus, Girls», sagte der Vorsitzende des Auswahlkomitees. Letztes Jahr hatte doch so ein Weibsbild mit einem luftgefüllten BH praktisch die ganze Schau verdorben. Zum Glück war sie entlarvt worden, als man ihr das Miss Alaska-Fähnchen mit Nadeln auf ihrem aufgeblasenen Busen befestigte.

«Um des Himmels willen, nein, hast du nicht!» rief die schöne Thyrallis aus, sprang auf die Füße, und da sie nicht wünschte, daß den im Tempel der Demeter versammelten Sterblichen und Unsterblichen irgend etwas verborgen bleiben sollte, zog sie rasch ihr Gewand aus. Sie drehte sich langsam, so daß alle ihren runden weißen Hintern betrachten konnten. Dann zog sie die Backen ein, zog sie zusammen und sagte, seht, welch wunderschöne Form sie haben, und achtet auf die sanfte blaßrosa Tönung der Haut. Und seht, wie sie fließend in meine lieblichen Hüften übergehen, die weder zu schwer noch zu mager sind, sondern gerade richtig, und seht hier, seht die Grübchen darüber, auf der Krone meines Hinterns. Und nicht nur, daß meine Bakken perfekt modelliert sind, sie können auch vibrieren, so!

Die Mädchen zogen sich bis auf BH und Slip aus.

«Ganz ausziehen, Girls», sagte der Vorsitzende.

«Ganz ausziehen?» stieß Miss Arkansas hervor.

«Eine Sicherheitsvorkehrung.»

Und indem sie so sprach, vollführte das attraktive Mädchen mit ihren Arschbacken kreisende Bewegungen in der Luft, und ließ sie dann hoch und runter und im Kreis herum vibrieren, was den Athenerinnen den Atem benahm, und als sie wieder Luft schöpfen konnten, erklärten sie im Namen Demeters, daß sie den schönsten Hintern von ganz Griechenland hatte.

Miss Arkansas ließ BH und Slip fallen. Eigentlich hätte sie gern protestiert, und sie hätte es tatsächlich getan, wäre sie in einer besseren Unterhaltungskategorie gewesen, doch war ihre Nummer irgendwie ein bißchen schwach; sie bestand in einem Arrangement von *Tea for Two*, das sie mit Silberlöffeln auf ihrem Kopf spielte, indem sie die Tonhöhe der Noten durch Öffnen und Schließen des Mundes änderte.

21

Ich brauche euch die Statue des Priapos, die majestätisch auf dem Marktplatz unserer ehrwürdigen Stadt thront, nicht zu beschreiben. Den Gott dort, ihr habt ihn viele Male gesehen, mit steinernem Bart und einem Schwanz aus Stein, der sich in wunderbarer Erektion gen Himmel richtet.

Sie öffnete den Briefkasten und fand darin einen Zettel, auf dem stand:

Das Postamt Christopher Street bittet Sie, zum Schalter 5 zu kommen und ein Paket abzuholen, das zu groß für Ihren Briefkasten ist.

Ihr kennt ja jeden einzelnen Zentimeter, da ihr unter ihm gestanden habt und gebetet, daß Fruchtbarkeit über euch komme. Ihr habt seinen steinernen Kopf gestreichelt und seine kalten Adern geküßt.

Sie ging die Straße runter, gab den Zettel ab, und der Postbeamte händigte ihr ein in einfaches braunes Papier gewickeltes Paket aus, das nur ihre Anschrift trug. Mit klopfendem Herzen trug sie es nach Hause, denn sie kannte seinen Inhalt. Sie ging rasch in ihre Wohnung, packte das Paket aus und da, vor ihren Augen, war ihr eigener:

Relax-a-Finger

ein langes, patronenförmiges Instrument. Die Gebrauchsanweisung fiel aus der Schachtel. Sie nahm sie und las:

Dies ist Ihr kabelloser, völlig ungefährlicher Vibrationsfinger; geeignet für Gesichts- und Fußmassage, beseitigt Gesichtsfalten und entspannt ermüdetes Gewebe. Führen Sie die Batterien, wie angegeben, am unteren Ende ein. Betätigen Sie den

Schalter. Ihr Vibrator ist jetzt betriebsbereit und wird Ihre angestauten Spannungen lindern. Achtzehn Zentimeter lang.

Ihr Damen von Athen, erst gestern nacht sah ich eine junge Frau – ihren Namen will ich nicht nennen, vielleicht ist sie heute abend unter uns –, ich sah, wie diese junge Frau sich der Priapos-Statue näherte. Ich stand nur wenig abseits im Dunkeln verborgen, denn ich selbst hatte dem erigierten Gott einen ehrfürchtigen Besuch abgestattet. Nun, ich beobachtete, wie diese junge Füchsin zur Statue hinaufstieg und begann, mit süßer Stimme auf den Gott einzureden, wobei sie seinen gewaltigen Schwanz streichelte und ihn *Darling, Liebling* und so weiter nannte.

Sie steckte die Batterien in den Vibrator und schaltete ihn ein. Er füllte ihre Hand mit einem prickelnden Beben, und der Gebrauchsanweisung folgend, führte sie ihn über ihre Wangen, ihren Hals und über die Füße. Dann hob sie ihr Kleid, zog ihren Slip herab und schob ihn sich in ihre Spalte.

Sie küßte ihn, ihr Damen, und dann tat sie etwas Ungewöhnliches, wer weiß, für euch vielleicht nichts Ungewöhnliches. *Ich* jedenfalls fand es sehr seltsam, als die junge Frau ihr Gewand hochhob, die Statue erklomm und sich genau auf den steinernen Penis setzte.

«Ah», seufzte sie, als der freundliche Relax-a-Finger sich an ihrer kleinen Klit zu schaffen machte. Schnell war der ganze Finger feucht, und sie konnte ihn weit hineinschieben, so daß seine Spitze tief in ihrem Leib vibrierte und sie ihn nur noch am äußersten Ende mit den Fingerspitzen hielt.

Sie begann, auf der Statue zu reiten, ihr Damen, auf und nieder, den steinernen Schaft tief in sich hinein versenkend. Ihr wißt, wie glatt jener Schwanz auf dem Marktplatz ist, glatt geworden von unzähligen Lippen, und vielleicht haben ihn auch andere Mädchen so geschmiert, wie dieses Weib es tat, wie sie sich da hochstemmte und niedergleiten ließ, so daß der Schaft mal sichtbar wurde und dann wieder zwischen ihren Beinen verschwand, und dabei, wer weiß wie tief, in sie eindrang.

«Oh, mein Gott, ich kann's kaum aushalten», stöhnte sie und ließ den Relax-a-Finger kreisen und ging, den Finger tief darin, o-beinig rüber zur Couch, legte sich hin, machte die Beine breit, zog die Knie an und legte sich heißhungrig ins Zeug.

Eine ganze Stunde lang schenkte sie dem Gott auf diese Weise Zerstreuung, bis sie zitternd und bebend, im Orgasmus schreiend, kam. Wirklich, das war ein anregendes Schauspiel. Dann hob sie sich zärtlich, etwas weich in den Knien, von dem Ding runter, und ich konnte hören, wie ihre Scheide sich sanft schlürfend schloß und sie jenes geheimnisvolle Wort der Befriedigung aussprach. Diese Frau, so sage ich euch, wird noch dieses Jahr ein Kind gebären. Laßt mich fragen, ihr Damen, kann ein steinerner Penis den lebensbringenden Samen ausstoßen? Wurde so Herkules, der Gott-Mann, empfangen?

«O Gott, O O O ...»

Die besten Erzeugnisse für ein glücklicheres Leben. Relax-a-Finger, laborgeprüft. PATENT ANGEMELDET.

22

Eine hochgewachsene Athenerin stand auf. Sie hatte ein langes Pferdegesicht und große, starke Knochen, doch wurden ihre Züge von einer gewissen Zierlichkeit geprägt, und ihr Venushügel bauschte sich üppig. Ihr Damen, sagte sie, ich weiß nichts darüber, wie man auf Priapos' Schwanz reiten kann, doch kenne ich die wundervollen Geräte aus Leder, die einst die Sandalenmacher dieser Stadt für uns nähten. Ich habe immer noch eines dieser seltenen Stücke, und ich werde es jetzt einmal herumgehen lassen, damit ihr seine edle Form betasten könnt.

«Hast du Lust, auf noch 'ne andere Party mitzukommen?» fragte Jim.

«Schlimmer als hier kann's ja wohl nicht werden», sagte Ellen in der Hoffnung auf eine Begegnung mit *der* schicksalshaften Liebesaffäre, die sich ihr ständig entzog. Es könnte heute nacht sein, eine andere Party mit nur ein paar Leuten.

«Komm her», sagte ihr Freund mit den rot unterlaufenen Augen, der völlig hinüber war, «ich werd dich Mister ... Mister, verdammt, ich hab seinen Namen vergessen, aber er ist reich.»

Sie gingen quer durch den Raum. Nahe der Tür stand lächelnd ein grauhaariger Mann, der Ellens Hand ergriff und sich sehr charmant leicht vor ihr verbeugte; ein Mann der alten Schule. «Hallo», sagte er. Sein Haar war silbrig gewellt, seine Augen babyblau, und sein Lächeln wurde strahlend.

Es schneite, die Straße war schlüpfrig, und der grauhaarige Gentleman bot Ellen seinen Arm. Leicht angeheitert, träumte sie von eventuellen Möglichkeiten.

Schließlich kam das Taxi, sie stiegen zu dritt ein, und schon waren sie unterwegs zu mehr Drinks, neuen Lichtern, einer Adresse an der Madison Avenue, einer sehr guten Adresse.

«Ich habe mit Kunstgalerien zu tun», sagte der grauhaarige Mann, an Ellen gewandt. «Die Kunst ist mein Geschäft.»

«Sind Sie Künstler?»

«Kunsthändler.»

Also *ist* er reich, dachte Ellen, und die Möglichkeiten begannen sich zu vervielfachen, ein Spiel von Lichtern und Zahlen, die leise leuchtend in ihrem Kopf tickten wie in einem jener handlichen Taschenrechner.

Während die Athenerinnen schwatzten und lachten, entfernte sich einer der Knaben und machte sich auf seinen nächtlichen Weg zum Pontifex von Athen, der ihn bereits erwartete.

«Man ist sich in dieser Stadt so fremd», sagte der grauhaarige Mann. «Aber wir werden uns noch näher kennenlernen, nicht wahr?» fügte er, wie sie meinte, etwas geheimnisvoll hinzu; aber das gefiel ihr, und ihr kleiner Rechner begann Reisen nach Europa zu programmieren, um Meisterwerke einzukaufen, und in exotische Länder, um Raritäten zu erstehen. Ein Leben mit der Kunst, klickediklick.

Ellen, Jim und der distinguierte Gentleman, der sich jetzt als Gary Neederman vorstellte, stiegen aus dem Taxi, und Ellen dachte nur noch daran, daß Jim erkennen möge, welch unmögliches Dreiergespann er kreierte. Nun, dachte sie, nach ein, zwei Drinks wird er sowieso gehen.

Der Knabe half dem Pontifex in das außergewöhnliche Amtsgewand. Bis auf die Füße, die unten herausschauten, verlor er sich vollständig darin. Der ganze Körper war in meine riesige, in allen Einzelheiten genaue Nachbildung des männlichen Geschlechtsorgans eingehüllt, welche sich jetzt im Zimmer umdrehte, zur Tür herausschritt und die Straße entlangging. Frauen aus dem Volk säumten seinen Weg, jubelten laut und warfen dem wandelnden Schwanz Nachtblumen vor die Füße. Sein einziges Auge war gen Himmel gerichtet, denn es blickte nur zu den Göttern auf und war an den banalen Nichtigkeiten der Menschen nicht interessiert. Deshalb mußte der Priester von seinem Knaben durch die Straßen geführt werden. Der Knabe hatte einen Arm um den großen Pimmel gelegt und dirigierte den Schritt des Priesters zum Tempel der Athenerinnen.

Und dann befand sie sich in dem unglaublichsten Apartment, das sie jemals irgendwo gesehen hatte – voller Statuen, Gemälde, exquisitesten Nippes, alles im Rahmen einer Einrichtung, deren einzelne Möbelstücke aus allen Teilen der Welt, aus längst vergangenen Zeiten stammten.

Die schöne Athenerin zog aus ihrem Gewand einen langen Lederpenis hervor, der mit irgendeinem festen Material ausgestopft und mit kunstvollen Stichen genäht worden war. Die Damen nahmen ihn, eine nach der anderen, in die Hand, kicherten, und ein paar von ihnen rieben ihn sogar an ihrem Geschlecht.

Gary Neederman öffnete, was einst ein mitteralterlicher Altar aus wunderschön geschnitztem Holz gewesen war. Darin befand sich eine komplette Hausbar. Er reichte Ellen einen Drink und wandte sich dann an Jim, der die Skulptur eines schönen Frauenkopfes betrachtete, dessen steinerne Augen über Jahrhunderte hinweg ins Leere starrten.

«Gefällt Ihnen dieses Stück?» fragte Gary.

«Die wirft mich glatt um», antwortete Jim.

Gary reichte ihm einen Drink. «Das ist Demeter. Die griechische Göttin der Ehe und der Fruchtbarkeit.» Er wandte sich wieder Ellen zu. «Glauben Sie an Götter?»

«Oh, unbedingt», sagte Ellen und fand, wie sie da von einem süperben Kunstgegenstand zum anderen schwebte, zu ihrem charmanten, ausgelassenen Selbst.

«Ich fürchte», sagte Gary, «meine Behausung gleicht einem Basar, weil ich immerzu kaufe – und natürlich auch verkaufe.»

«Es ist wundervoll», sagte Ellen, ging zu ihm hinüber und entwickelte dabei ein Gefühl aufrichtiger Freundschaft. Sie blickte in Garys babyblaue Augen. «Ihr Geschmack ist vollkommen.»

Bescheiden senkte er den Blick und sah, wie sie meinte, auf ihre Schuhe, die neuen Capezios; wie froh war sie, daß sie sie angezogen hatte! Und sein Blick wanderte langsam wieder hinauf, streifte ihre Beine, glitt über ihre Oberschenkel, kehrte erneut in ihre Augen zurück. «Ich bin so froh, daß Sie gekommen sind, Ellen», sagte er leise.

«Hey, was zum Teufel ist denn *das*?» fragte Jim.

Ellen hätte es ihm am liebsten um die Ohren gehauen, was

immer es auch war, und was es war, konnte sie nicht mal sagen, irgend so'n langes Lederding.

Lysistrata, die Athenerin, nahm den Lederpenis in die Hand, seufzte und sagte, diese Dinger wurden einst von den milesischen Frauen hergestellt, aber heutzutage findet man sie nirgends mehr.

«Ich weiß nicht, ob es ein echter McCoy ist», sagte Gary. «Ich habe ihn bei einem Straßenhändler in Griechenland gekauft. Man nimmt an, daß es ein früher Dildo ist.» Er wandte sich an Ellen. «Wenn Sie mir diesen Ausdruck gestatten.»

Jetzt war es an Ellen, die Augen zu senken, auch wenn sie nicht wirklich von der schüchternen Sorte war, doch Gary schien so vornehm, so kultiviert.

«Ein Dildo? Ist ja 'n Witz», sagte Jim und legte ihn mit einem Anflug von Verschämtheit wieder zurück auf den Tisch.

«Ich habe mit dem Gedanken gespielt, eine Porno-Sammlung anzulegen», sagte Gary. «Ich hab da ein paar wundervolle Stükke aufgetrieben.» Wieder blickte er Ellen bedeutsam an, und diesmal hielt sie seinem Blick stand.

«Well», sagte Jim und kippte den letzten Rest seines Drinks runter, «eigentlich könnte ich jetzt nach Hause ziehen.»

«Bitte, Jim», sagte Gary mit einem Ausdruck echter Wärme in der Stimme, «gehen Sie noch nicht.»

Obwohl sie es am liebsten gesehen hätte, daß Jim gegangen wäre, war Ellen von Garys Freundlichkeit gerührt, von seinem Taktgefühl.

«Komm her, Jim», sagte Gary, «trinken Sie noch einen. Wo wir nun schon mal zusammen sind, oder?»

«Nun gut, noch ein Glas», sagte Jim. «Ich würd mir Ihr Zeug gern noch ein bißchen länger ansehen.»

«Tun Sie das, Jim, fühlen Sie sich ganz wie zu Hause. Ellen, würden Sie mich bitte für einen Augenblick entschuldigen? Ich würde gern aus diesem Aufzug steigen...» Er lockerte seine Krawatte und wartete auf ihre Zustimmung, die sie mit einem warmen Lächeln unverzüglich gab.

Jetzt, sagte der Pontifex, als sie die Stufen zum Demeter-Tempel erreicht hatten, werden wir das Große Mysterium zelebrieren.

Gary verließ den Raum durch eine hohe, mit orientalischem Gitterwerk versehene Tür, durch die man den nächsten, schwachrot beleuchteten Raum sehen konnte. Ellens Blick verweilte einen Augenblick auf dieser Tür, doch Gary war irgendwo jenseits des schwachroten Lichts außer Sicht. Sie gesellte sich zu Jim, der vor einem Füllhorn aus Perlmutt stand, aus dem sich alle Arten von Edelsteinen ergossen, und sie war sicher, daß sie echt waren.

«Toller Schuppen», sagte Jim. «Wenn de auf einmal hier nachts aufwachst, würdste dich wohl zu Tode fürchten; ist aber trotzdem 'n toller Schuppen.»

Ellen bemerkte hinter dem Gitterwerk eine Bewegung, und sie konnte Garys Silhouette erkennen, etwas undeutlich und einen Moment zögernd. Er ist so groß, dachte Ellen, und sieht so gut aus. Sie schloß die Augen und stellte fest, daß sie sich gar nicht recht erinnern konnte, wie er wirklich aussah, aber der Eindruck war da, der Eindruck von etwas sehr Seltenem, von großer natürlicher Würde, von ...

Die Stimme des Priesters klang gedämpft, aber all die Frauen, die ihm zum Tempel gefolgt waren, wußten, daß er jetzt die drei Schichten der Mutter Erde durchdringen würde.

Gary stieß das Gitterwerk auf und kam splitternackt herein, mit nichts bekleidet als einem riesigen Schwanz aus Pfauenfedern, der mit einem Korken in seinem After befestigt war.

«Tritt den hübschen Pfau!» rief er und hüpfte mit wippenden Federn in den Raum. «Tritt den hübschen Pfau!»

Er tanzte um sie herum, gebückt, so daß seine Schwanzfedern sich in der Luft wiegten. «Tritt den hübschen Pfau! Tritt den hübschen Pfau!»

Ellen stand wie betäubt da, Jim neben ihr. Sie starrte auf den goldgefaßten Korken, der die Federn zusammenhielt und tief in den Anus des Kunsthändlers hineingetrieben schien. *«Tritt den hübschen Pfau!»* zischelte er und drehte ihnen das Gesicht zu.

«Ich hab keine Lust, dich zu treten, Mann», sagte Jim. Er setzte sein Glas ab und wandte sich zur Tür. Der Pfau hüpfte ihm in den Weg und schüttelte seinen Schwanz. «Hab keine Angst», sagte er, indem er die Tür verstellte. «Tritt den hübschen Pfau!»

Jim zögerte einen Moment, blickte sich nach einem anderen Ausgang um und fand keinen. Der Pfau blockierte die einzige Tür nach draußen.

«TRITT DEN HÜBSCHEN PFAU! TRITT DEN HÜBSCHEN PFAU!»

Jim holte aus und trat dem Pfau, so heftig er konnte, in die Schwanzfedern. Der prächtige Vogel fiel vornüber und landete auf den Knien. «Nimm irgend etwas aus diesem Zimmer!» rief er. «Nimm, was du willst, und verschwinde.»

Jim sah sich rasch um, griff sich Demeters steinernen Kopf und zwängte sich an dem Pfau vorbei, dessen wild bemalte Augen lächelten.

Er durchschritt die Eingangstür des Tempels, durch rote Vorhänge, die die prächtigen Schamlippen repräsentierten; er schritt durch die Vorhalle des Tempels, die Große Halle der Vagina; und schließlich kam er ans hintere Ende des Tempels, an die Tür des Großen Uterus, an der er stehenblieb und betete.

«Tritt den hübschen Pfau!»

«Warte auf mich, Jim!» rief Ellen, aber der Pfau stand jetzt ihr im Weg und schüttelte seinen tausendäugigen Schwanz.

«Tritt den hübschen Pfau, und nimm irgend etwas aus diesem Zimmer. Nimm, was du willst.»

Ellen hob ihren breitkappigen Capezio und sandte ihm einen festen Tritt mitten in die Schwanzfedern, der ihn aus dem Gleichgewicht brachte und mit von sich gestreckten vieren auf dem Fußboden landen ließ. Sie ergriff den antiken Lederdildo und rannte an dem Pfau vorbei, der in seinen Federn am Boden lag und mit Samen um sich spritzte.

Auf der anderen Seite der Tür, im Raum des Großen Uterus, fuhren die vornehmen Damen Athens fort, ihre obszönen Geschichten zu erzählen, während der Priester für gute Ernten, intelligente Kinder und Geschlechtskrankheiten, die den Feind heimsuchen sollten, betete.

23

«Ah, ha! Ewina! Habe ich dich schon wieder einmal erwischt, wie du im Badezimmer an dir selbst rumspielst.»

«Bitte, Mami, bitte, hau mich nicht.»

«An dir selbst rumfummeln. Deinen Finger reinstecken, oder nicht? Laß mich mal riechen. Ja, das hast du gemacht. Nun, dafür wirst du ein paar hinten drauf kriegen.»

«Bitte, Mami, hau mich nicht.»

«Was für ein ungezogenes Kind du doch bist. Jedesmal, wenn ich durchs Schlüsselloch gucke, sehe ich, wie du mit deinem Döschen spielst. Ich habe niemals mit meinem Döschen gespielt. Das ist eine schmutzige, ekelhafte Angewohnheit. Weißt du denn nicht, daß davon das Schielen kommt?»

«Oh, Mami!»

Nun wohl, ihr Damen von Athen, ich hebe mein Glas und trinke den Wein und merke, wie ich langsam betrunken werde und ... aber, was ist denn das, was ich auf dem Grund des Glases entdecke? Welch anmutiges Bild! Könnt ihr es sehen, meine Lieben, es ist ein Glas, auf dessen Boden das Liebesringen eines Mannes mit einer Frau abgebildet ist.

«Du läßt dich von keinem kleinen Jungen anfassen, hörst du, Edwina?»

«Nein, Mami.»

«Du darfst dich nie von einem kleinen Jungen anfassen lassen. Und wenn er sagt, du sollst die Hose runterziehen und ihm dein kleines Döschen zeigen, rufst du die Polizei. Hast du gehört? Kleine Jungs, die so etwas tun, sollten eingesperrt werden. Sie gehören an den Marterpfahl.»

«Ja, Mami.»

«So, und jetzt schlüpf in deinen Schlafanzug. Und sieh zu, daß du heute nacht nicht wieder Alpdrücken hast. So, wie du dich in den letzten Nächten aufführst, komme ich einfach nicht zu den acht Stunden Schlaf, die ich brauche.»

Ihre Beine klammern sich um seine Oberschenkel, und sie hat ihn in sich reingezogen. Wie schön es sich aus einem Becher trinkt, der mit solch lieblicher Szene dekoriert ist. Ich habe ein paar ähnlicher Schalen zu Hause für meine Kinder. Sie sind auf der Innenfläche mit entzückenden Kopulationsszenen bemalt – junge Damen, die in allen möglichen Positionen von ihren Liebhabern aufgespießt werden. Auf diese Weise finden meine Kinder viel mehr Genuß an ihrem Brei. Ihre Phantasie ist beim Essen beschäftigt. Inzwischen werden sie schon von allen Frauen in unserem Block benutzt. Die Kinder haben so viel Spaß daran.

«So, und hier ist ein kleiner Festschmaus für dich, heiße Milch und Zwieback in deinem Bugs Bunny-Schälchen. Siehst du, wie Elmer Futt den lieben Bugs mit dem Schießgewehr verfolgt? Ist das nicht süß? Du trinkst jetzt schön deine Milch, und Bugs und Elmer werden in deine Träume kommen.»

«Ja, Mami.»

«Gute Nacht, Edwina. Und denk daran ...»

«Ja, Mami.»

«Döschen wird dich krank machen.»

24

Sir Filbert Morley, der bedeutende Kenner des Altgriechischen, läßt seine Kerze bis auf einen Stummel herunterbrennen, und sein Gesicht zeigt einen schmerzlichen Ausdruck, als er eine Passage aus einem frühen griechischen Text vor sich hin liest, den er zu übersetzen versucht. Der sinnenfrohe Bacchus spricht: «*Ja, ja, sie wußten es, wie zu f... in den Mund des Ruderers unter sich.*»

Röte steigt Sir Filbert ins Gesicht, als er vom antiken Werk aufblickt. Nicht einmal in Gedanken bringt er es über sich, dieses vulgäre Wort, auf das er in diesem großartigen Werk gestoßen ist, auszusprechen.

«... das muß gestrichen werden, das kann doch gar nicht ...»

Und er kritzelt ein paar Notizen in sein Arbeitsheft, streicht sie wieder aus, kritzelt was anderes und murmelt immer noch vor sich hin.

«Aristophanes hat das nicht gesagt, dazu war er ein viel zu edler Dichter ...»

Sir Filbert arbeitet wie im Fieber. Die Haushälterin steckt den Kopf durch die Tür und bringt ihm sein abendliches Glas Milch. Seit vielen Jahren hat sie ihn nun schon treu umsorgt, während er sich mit der Sprache der alten Griechen plagt.

«Hart am Werk, Sir?» sagt sie, indem sie ein wenig Platz für das Milchglas schafft.

«... das konnte er doch nicht gemeint haben ...» Kaum, daß der große Gelehrte die gute Frau wahrnimmt, und so läßt sie ihn in Ruhe, zieht sich zur Tür zurück, von wo aus sie ihn bei seiner fieberhaften Arbeit betrachtet.

«Das muß gestrichen werden!» Sir Filbert hat die letzten Seiten seiner Übersetzung von *Die Frösche* aufgeschlagen vor sich liegen. *Das muß gestrichen werden. Jetzt bin ich fast fertig, aber diese Zeile hier, über das Ausstoßen gasförmigen Dampfes in den Mund des Ruderers unter sich – das geht einfach nicht, alter Junge. Die Königin wäre über eine solche Zeile entsetzt, und man würde mich deshalb vielleicht aus Oxford verstoßen.*

«Haben Sie noch einen Wunsch, Sir Filbert?»

«Die Griechen, Mrs. Ficky, waren ein sehr edles Volk.»

«Allerdings, Sir.»

«Ihre Kunst ist die höchste, ihre Dichtung die sublimste.»

«O ja, durchaus, Sir, davon habe ich gehört.»

«Ich glaube, Mrs. Ficky, ich habe es hier mit der Fälschung eines alten Werkes zu tun, eines großartigen Werkes, das von der Hand einer vulgären Person besudelt worden ist, die es gewagt hat, in die Dichtung des edlen Poeten Aristophanes hineinzupfuschen.»

«O, nein, Sir!»

«Ja, Mrs. Ficky! Es gibt eine Zeile in diesem Stück, die dem großen Genius, als den wir Aristophanes kennen, einfach nicht zugeschrieben werden kann. Irgendein gemeiner Wicht, ein unverschämter Schuft, hielt es irgendwann im Laufe der Jahrhunderte für angebracht, seinen eigenen kranken Geist in jenes große Kunstwerk einzumischen, das wir als *Die Frösche* kennen.»

«Möchten Sie noch ein wenig Milch, Sir?»

«Nein, danke, Mrs. Ficky, das genügt. Ich habe die Lösung jetzt ganz klar vor Augen.»

«Recht so, Sir. Dann also gute Nacht, Sir.»

Es ist ganz offensichtlich, was Aristophanes an dieser Stelle meinte. Er wollte sagen *«die Nase in den Mund des unteren Ruderers zu schnäuzen»*. Genau das ist es. Die Nase schnäuzen. Ich würde sagen, so klingt's recht. Ja, das ist es. So kann das Werk der Öffentlichkeit übergeben werden. Victoria wird es gutheißen.

25

Ich weiß, ihr Damen von Athen, sagte die nächste Sprecherin, daß euch schon die Erwähnung ihres Namens einen Seufzer entringen wird. Ich spreche von Phryne, der Dirne. Ihr könnt euch alle an sie erinnern; der Künstler Praxiteles beschäftigte sie als Modell für die prächtige goldene Statue, die heute so gebieterisch im Apollo-Tempel von Delphi steht.

Den vollendeten Proportionen ihres Körpers nach zu urteilen war sie vielleicht die schönste Frau ihrer Zeit. Und sie hatte die Gewohnheit, sich immer auf das bescheidenste zu kleiden. In der Öffentlichkeit konnte man sie niemals in so offenherzigen und provozierenden Kleidern sehen wie heute abend. Sie war immer sittsam in ein weißes Gewand gehüllt und erregte die Lust der Männer, weil sie nur ahnen ließ, welche Schätze sie verbarg.

Aber ach, sie war zu schön und zu bekannt. Ein paar eifersüchtige Frauen prominenter Politiker starteten eine Kampagne gegen dieses süße Mädchen und behaupteten, sie würde die Jugend Athens verderben.

«Ach, du lieber Gott, Jeffrey, guck dir mal die Zeitschrift an, die ich gerade gekauft habe! Ist das nicht unsere kleine Edwina, hier auf diesem Foto, die nackt in 'ner Art Urwald posiert?»

«Was? Zeig mal her, Penelope. Gib mir mal diese Zeitschrift. Danke. Herrgott im Himmel, du hast recht. Das ist Edwina, die da nackt im Grünzeug hockt. Himmel noch mal, die hat ja 'n Paar gewaltige Titten vor sich hängen, was!»

«Jeffrey!»

«Ich mein ja nur so.»

«Was werden bloß die Nachbarn sagen? Die verlangen noch, daß wir mit unserem Fertighaus aus Gladiola Drive verschwinden.»

«Zum Teufel, du sagst es! Unser Fertighaus!»

«Die sind von Anfang an gegen uns gewesen, all diese Leute in ihren schicken Häusern. Wenn die das Foto hier sehen von unserer splitternackten Tochter, werden die 'ne Versammlung wegen uns einberufen, das schwör ich.»

«Ich denk, ich schnapp mal meine Jacke.»

«Ja, Jeffrey, du gehst am besten gleich rüber zum Drugstore und kaufst jedes einzelne Exemplar, das du zu fassen kriegst.»

«Schon unterwegs, Penelope.»

Nun, ihr Damen von Athen, so seltsam euch das vorkommen mag, die schöne Prostituierte wurde wegen der Ausübung ihrer Kunst tatsächlich vors Gericht zitiert. Wie tief kann ein Land sinken, daß es nichts Besseres zu tun hat, als seine Prostituierten anzuklagen.

«Diese drei *Rear End*-Hefte, bitte.»

Ihr Damen von Athen, ihr könnt euch vorstellen, wie es im Gerichtssaal aussah – vollgestopft mit Leuten. Jeder, der die schöne Phryne einmal gesehen hatte, war da – alle ihre Liebhaber und so viele Bewunderer von überall her, daß der Saal sie gar nicht fassen konnte und Menschenschlangen auf der Straße standen. Einer Prostituierten den Prozeß zu machen war natürlich noch nie dagewesen und geeignet, großes öffentliches Interesse zu erregen. Denn welches Gesetz hatte sie überhaupt übertreten?

«Hallo, Edwina, hier spricht deine Mutter, ich rufe von zu Hause aus an. Kannst du mich hören ... ist die Verbindung gestört? Hallo, Edwina, was ist bei dir los ... 'ne Party im Gang? Ich kann dich fast nicht verstehen. Wer ist da bei dir, alles Drogensüchtige, stell ich mir vor ... hallo, Edwina, wag nicht, so mit mir zu sprechen. Hör mal zu, mein Fräulein, ich habe da genau in diesem Augenblick eine Nummer des *Rear End*-Magazins vor mir, aufgeschlagen auf Seite 22. Was, na und? Wovon ich rede? Ich werde dir sagen, wovon ich rede. Ich rede von deinem nackten Körper, den keiner der Gladiola Drive-Leute übersehen wird. Weißt du, daß du unser Heim, unser Fertighaus, ruiniert hast? Wir sind total am Ende.»

Ihr Damen Athens, das Gericht erhob nie dagewesene Beschuldigungen gegen die schöne Phryne und nannte sie eine Schande der Nation und eine Gefahr für das Wohlergehen ihrer

Kinder. Der Ankläger stellte die angesehene Kunst der Prostitution als etwas Böses dar, habt ihr Worte? Aber die Kraft seiner Rede war so gewaltig, daß viele der im Gerichtssaal Anwesenden mitgerissen wurden und grimmige Blicke auf Phryne warfen, die sittsam und wie immer in ein bescheidenes Gewand gehüllt vorn auf einer Bank saß.

«Edwina, wie konntest du uns so etwas antun? Sag es mir – sag es deiner Mutter – wie konntest du nur so etwas tun und deine Kleider ausziehen? Hast du dafür Geld bekommen? Wieviel hast du bekommen? Mehr nicht? Für lausige 25 Dollar hast du praktisch deinen Vater umgebracht? Ja, er ist gerade zum Drugstore.»

Nachdem die Anklage ihre Argumente gegen Phryne dargelegt hatte, sah es wirklich schlimm aus. Bis dahin hatten wir unsere Prostituierten einfach für glückliche Mädchen gehalten, die andere glücklich machten. Jetzt aber mußten wir in allen Einzelheiten hören, wie verderbt sie waren und wie das Auftreten eines Mädchens wie Phryne in unserer Stadt geistige Entartung hervorgerufen hatte bei unseren Babies, unseren Kindern, unseren Söhnen.

«Edwina, sag mir mal ehrlich, ich muß das wissen – ich habe dich großgezogen –, gibt es irgendwo noch andere solcher Fotos? Es gibt? Also dann warte mal, bis ich einen Bleistift gefunden habe, nur 'ne Minute, und erzähl mir, wo ich sie kriegen kann. Ich muß sie sofort haben, bevor das Anti-Fertighaus-Komitee das nächste Mal zusammenkommt. Die warten nur auf so etwas, weißt du. Die behaupten, daß unser Fertighaus den Wert ihrer Grundstücke vermindert hätte. Überleg dir nur mal, was sie mit deinem nackten Körper auf dieser Grünzeugdekoration anfangen werden. Also gut, wo noch hast du … wo? Wie oft? Oh, mein Gott, Edwina, ich krieg gleich 'nen Anfall; das hast du auf dem Gewissen, in meinem Kopf hämmert es nur so. Hunderte von Malen, Edwina, du hast es Hunderte von Malen getan. Oh, mein Gott.»

«Hallo, Pen, da bin ich wieder mit drei *Rear Ends*, hab alle Nummern aufgekauft – oh, du telefonierst gerade.»

«Gerade kommt dein Vater zur Tür rein, Edwina. Es hat ihn

ganz krank gemacht. Er sieht schlecht aus; es hat ihm fast das Herz gebrochen.»

Aber die Verteidigung konnte nicht so leicht geschlagen werden, ihr Damen von Athen. Phrynes Verteidiger war der weise Hyperides. Er erkannte die Stimmung im Gerichtssaal und sah, daß die Richter drauf und dran waren, Phryne zu einer empfindlichen Strafe zu verurteilen. Hyperides verlor nur wenige Worte. Er bat Phryne, aufzustehen und zu ihm in die Mitte des Gerichtssaals zu kommen. Das tat sie. Und dann sah ganz Athen, was es noch nie in aller Öffentlichkeit gesehen hatte. Der Verteidiger bat sie, das Gewand abzulegen.

Oh, ihr Damen von Athen, als sie langsam die Spangen löste, konnte man eine Stecknadel zu Boden fallen hören. Alle hielten den Atem an, und dann öffnete sie das Mieder, und ihre wunderschönen Brüste wurden sichtbar, so rein, so makellos geformt, dann ihr weicher, runder Leib, schließlich fiel das Gewand ganz. Nun stand sie völlig entblößt und zeigte ihren prächtigen Venushügel. Der ganze Gerichtssaal schnappte nach Luft, so großartig sah sie aus. Der weise Verteidiger ließ sie sich langsam drehen, damit auch ihr entzückendes Hinterteil zu sehen war.

Die Richter, ihr Damen Athens, begannen bereits zu lächeln. Doch Phryne lächelte nicht. Sie sah so bescheiden wie die jüngste der Göttinnen aus, und dieses Geschöpf sollte die Jugend verderben? Dann soll sie doch verdorben werden und solche Schönheit sehen!

In der Gewißheit, eine Verkörperung der Aphrodite vor sich zu haben, wagten die Richter nicht, sie zu verurteilen. Die Anklage wurde zurückgenommen. Phryne kleidete sich unter dem Jubel der Anwesenden langsam wieder an. Aus Furcht vor weiteren Schauspielen dieser Art machten die Richter an diesem Tag ein Gesetz, daß Entkleidungen nie wieder in einem Gerichtssaal stattfinden durften. Aber es ist sowieso höchst unwahrscheinlich, ihr Damen Athens, daß eine Prostituierte je wieder in den Gesetzestempel geschleppt werden wird, denn dieser Tag hatte gelehrt, wie unschuldig Prostituierte sind.

«Edwina, wie konntest du nur deinen Körper so zur Schau stellen nach der Universitätsausbildung, die wir dir zukommen ließen, die du uns jetzt ins Gesicht geschleudert hast … Edwina … Edwina? Sie hat aufgelegt, Jeffrey! Hör auf, die Fotos zu begaffen, und hör mir zu!»

26

Hilf mir aus diesem verflixten Pimmelanzug, mein lieber Junge, sagte der Priester.

Sein Assistent half ihm aus dem gewaltigen Organ, und der Priester schritt durch die letzte Tür von Demeters Tempel, in den innersten Raum des heiligen Gebäudes, wo die vornehmen Damen Athens versammelt waren und mehr oder weniger entkleidet herumlagen.

«Fred, bist du sicher, daß das eine Broadway-Show ist? Es sieht so furchtbar schmuddelig aus hier drin.»

«Ethel, bist du nicht seit vierzig Jahren mit mir verheiratet? Wenn ich sage Broadway-Show, dann meine ich auch Broadway-Show.»

«Aber Fred, was bedeuten dann diese ganzen Regale voller Fotos von nackten Männern und Frauen in dem Raum, durch den wir gerade kamen?»

«Das waren Programmhefte, Ethel.»

«Mein Gott, Fred, was für eine Show ist das hier?»

«Das ist die Neue Welle», sagte Fred, «durchsetzt mit sozialkritischen Kommentaren.»

«Es ist so verraucht hier drin. Ist das die Bühne, Fred? Die ist ja so furchtbar winzig. Und für ein Broadway-Theater haben sie ja nicht gerade sehr viele Plätze. Sieht eher wie ein Hinterzimmer aus.»

«Das ist halt ein neues Konzept, Ethel, völlig neu. Intimes Theater.»

«Fred, ich ...»

Plötzlich wurde es dunkel, und der Vorhang öffnete sich. Auf der Bühne erschien ein wunderschönes, hochgewachsenes schwarzes Mädchen in rotem Strumpfhalter und Höschen und einem schwarzen BH, auf dem rote Hände aufgemalt waren. «Mann», sagte sie, «bin ich hungrig.»

«Fred, das hier ist kein Broadway-Stück!»

«Verdammt noch mal, Ethel, hättest du dir Zeit genommen, das Schild draußen zu lesen, wüßtest du, daß draufsteht, Broadway und 42. Straße. Jetzt entspann dich mal und genieß die Show.»

«Hätte verdammt gern was zwischen die Zähne», sagte die schwarze Schauspielerin, indem sie lässig die Strümpfe abstreifte und dabei anmutig ihre langen Beine streckte.

An der Tür des Bühnenbildes wurde ein Klopfen hörbar, das den ganzen Aufbau bedenklich hin und her schlingern ließ.

«Ja, komm nur herein», sagte das schwarze Mädchen.

«Haben Sie eine Pizza bestellt?» fragte ein blonder junger Mann, der einen weißen Botenanzug anhatte.

«Ja, hab ich, Honey, bring sie her und stell sie irgendwohin, wo ich sie mir ansehn kann.»

«Das macht zwei Dollar und fünfzig Cents», sagte der Botenjunge.

«Honey», sagte das schwarze Mädchen und ging langsam auf den Botenjungen zu, «ich hab nur noch einen Dollar. Was kann ich dir sonst für die Pizza geben?» Das schwarze Mädchen griff auf den Rücken, öffnete den BH, der runterfiel und ihre schweren Brüste freigab, mit schwachroten harten Brustwarzen, die sich ins Scheinwerferlicht reckten.

«Fred! Das hier ist ja ...»

«Halt'n Mund, Ethel, und iß dein Popcorn.»

«Faß mich ruhig an», sagte das schwarze Mädchen.

Der Botenjunge fing schüchtern an, mit ihren Brüsten zu spielen.

«Fred, ich bin Mitglied der ELV in Scranton, Pennsylvania, und du auch!»

Das schwarze Mädchen knöpfte die Hose des Botenjungen auf, und schon bald stand er da, die Hose unten und einen ansehnlichen Schwanz zwischen den Beinen.

Eine getuschelte Bemerkung blieb Ethel in der Kehle stecken, als sie sich entschied, es sei wohl besser, dem Schauspiel auf der Bühne mehr Aufmerksamkeit zu zollen, damit sie bei der nächsten Versammlung der Eltern-Lehrer-Vereinigung einen vollständigen Bericht abgeben konnte. Sie konzentrierte sich auf den Penis des Botenjungen und machte sich im Geiste ein paar Notizen.

«Honey», sagte das schwarze Mädchen, «mit dem Pimmel kannst du niemanden ficken. Laß mich lieber mal 'ne Weile drauf lutschen.»

Daheim in Scranton wird mir kein Mensch glauben. Hätt ich nur meine Pocket-Kamera mitgebracht.

«Langsam kriegsten Steifen, Honey.»

Als das Glied des Botenjungen voll aufgerichtet war, zog das schwarze Mädchen ihr Höschen aus, nahm den Strumpfhalter ab und legte sich auf eine Matratze. Der Botenjunge kroch auf sie drauf.

Die Hohepriesterin seufzte, als der Priester nach kurzem Suchen sein Glied in das heilige Loch einführte, das heiß und feucht war, und die Athenerinnen schauten sehnsüchtig zu. Dieses Jahr würde fruchtbar sein, die Ernte reich, und der Nation würden viele Söhne geboren werden.

Mittendrin gingen auf einmal die Bühnenlichter an. Ein Mann in einer Polizeiuniform stieg auf die Bühne. «Also, Leute, die Vorstellung ist zu Ende. Dieser Verein verfügt über keine ordentliche Lüftung und verletzt verschiedene andere Vorschriften.»

«Scheiße, Honey», sagte das schwarze Mädchen, und glitt unter dem Botenjungen hervor. «Gerade, wo wir zum angenehmen Teil kommen.»

Das Glied des Botenjungen stand immer noch steil in die Höhe.

«Steck ihn weg, du Knilch», sagte der Polizist.

«Ich kann nicht», sagte der Botenjunge. «Ich bin ein Schauspieler mit System.»

«POLIZEIBELÄSTIGUNG!» rief jemand aus dem Publikum.

«COITUS INTERRUPTUS!»

«JA! HAU AB, DU PLATTFUSS! HAU AB UND NIMM DEN MOTHERFUCKER FEST, DER LETZTE NACHT MEINE WOHNUNG AUSGERÄUMT HAT!»

«Fred, was passiert jetzt mit uns? Sind wir verhaftet?»

Unser Opfer ist so hinreißend dieses Jahr, sagte die Hohepriesterin, als der Pontifex mit geschwollenen Eiern grunzend in sie abschoß. Das Land wird wirklich von den Göttern gesegnet werden.

«Also, Leute, hier entlang. Macht keine unnötigen Schwierigkeiten. Das Geld bekommen Sie an der Kasse zurück.»

«Fred, du wirst doch keins von diesen Magazinen kaufen!»

«Natürlich nicht, Ethel, ich guck nur mal, ob ich nicht ein Souvenir an New York finde.»

Die Hohepriesterin erhob sich von ihrem Lager und wischte das Liebesgebräu ab, das weiß und warm über ihre Oberschenkel rann. Nun, ihr Damen, wir haben Demeter zur Freude Geschichten erzählt, sagte sie, und wir haben den rituellen, heiligen Beischlaf vollzogen. Nun laßt uns alle tanzen. Tanzt, ihr Damen Athens, und erinnert euch der Pasiphae, die mit einem König vermählt und in einen Bullen verliebt war.

«DU SOLLTEST DICH SCHULDIG FÜHLEN!» brüllte Vater.

«Warum denn, Vater?» fragte die Tochter zitternd.

«Mutter hat mir berichtet, sie hätte Spermazoota in deinem Taschentuch gefunden.»

Pasiphae wandelte im Mondlicht, als sie plötzlich wie gebannt war vom Anblick des gewaltigen Gliedes und der massigen Hoden des weidenden Bullen.

«Führen Sie Freudenkissen? Ich hätte gern eines für mein Gartenhaus.»

«Spermazoota, habe ich gesagt, und das meine ich!»

«Daddy, es ist nur Nasenschleim. Ich habe Schnupfen.»

«Martha, bring den Riemen. Dieser jungen Dame gehört das Höschen runtergezogen und eine Lektion auf den Hintern verpaßt.»

«Im Moment habe ich keine Freudenkissen am Lager, Sir. Aber ich habe da eine Luftschutzsirene, die Sie an jedem Klodekkel anbringen können. Wenn Sie den Deckel schließen, geht sie los.»

«Hört sich gut an. Ich nehme eine.»

«Fred!»

«Ethel, das ist ja nur für das jährliche Picknick für unterprivilegierte Kinder. Es wird ihnen Spaß machen.»

Der Bulle senkte den Kopf und kam dichter an Pasiphae heran, die entzückt war von seinem kolossalen Penis, der feucht und dicker als ein Männerarm im Mondlicht schimmerte.

«Jetzt sprich mir nach, mein Fräulein: *Ich will nie wieder etwas mit Spermazoota zu tun haben.*»

«Versetz ihr noch ein paar Schläge mit dem Riemen, Axel.»

«Das werde ich, Martha, danke.»

Pasiphae ging näher an den Bullen heran. Sie fühlte sich unwiderstehlich angezogen von diesem großen, glänzendschwarzen Organ. Sie streckte eine Hand aus und berührte es vorsichtig.

«Es hat zu viele Viecher in diesem Buch, mein Junge», sagte Mr. Pant. «Das kann ich nicht gebrauchen.»

Sonnenaufgang